말풍선과 생각구름

말풍선과 생각구름

발행일	2024년 6월 14일

지은이	최현희		
펴낸이	손형국		
펴낸곳	(주)북랩		
편집인	선일영	편집	김은수, 배진용, 김현아, 김다빈, 김부경
디자인	이현수, 김민하, 임진형, 안유경	제작	박기성, 구성우, 이창영, 배상진
마케팅	김회란, 박진관		
출판등록	2004. 12. 1(제2012-000051호)		
주소	서울특별시 금천구 가산디지털 1로 168, 우림라이온스밸리 B동 B113~115호, C동 B101호		
홈페이지	www.book.co.kr		
전화번호	(02)2026-5777	팩스	(02)3159-9637

ISBN	979-11-7224-167-4 03810 (종이책)	979-11-7224-168-1 05810 (전자책)

(주)북랩 성공출판의 파트너

북랩 홈페이지와 패밀리 사이트에서 다양한 출판 솔루션을 만나 보세요!

홈페이지 book.co.kr • **블로그** blog.naver.com/essaybook • **출판문의** book@book.co.kr

작가 연락처 문의 ▸ ask.book.co.kr

작가 연락처는 개인정보이므로 북랩에서 알려드릴 수 없습니다.

에세이

말풍선과 생각구름

최현희 지음

북랩

끄적끄적

언젠가는 책을 써야지….

다른 사람들 생각 말고 진짜 내 생각… 내 얘기들….

책을 보면서 항상 생각했었는데 오늘 갑자기 드디어 시작한다. 뭔가 시작해야 할 것만 같은 그 운명적인 느낌? 만약 당신이 이 글을 지금 읽고 있다면 당신과 나는 인연이다.

그리고 생각을 실천으로 옮긴 내가 나를 칭찬한다.

내가 책을 쓰고 싶은 이유는 내 이야기를 읽고 조금이라도 마음의 치유가 됐으면 하는…. 직접 안아 주지는 못하니까 얼굴도 이름도 모르는 당신을 글로 안아 주고 싶다.

굳이 이유를 또 하나 더 들어 보자면 인생이 생각보다 길지 않은 것 같다. 내가 벌써 어느덧 40을 달려가고 있으니까. 마음은 10대와 다르게 없는데 벌써 두 아이의 엄마가 되어 버렸으니까….

유작은 아니지만, 이 아이들과 평생 지지고 볶고 살 것 같지만, 우리는 알지 않는가? 부모와 한 지붕 아래에서 같이 살 부대끼며 살 날이 그리 길지 않다는 것을….

내가 이 세상이라고 불리는 곳에서 아이들과 같이 얼굴을 보고 눈을 맞대고 목소리를 더 이상 들을 수 없을 때… 그때는 아이들이 미처 어려서 말할 수 없었던… 엄마가 아닌 여자로서, 한 인간으로서, 인생 선배로서 나를 보여 주고 싶다.

젠장, 이런 얘기 하니까 갑자기 대낮에 눈물이 난다.

이러면 정말 내가 모성애가 대단한 엄마처럼 보일 수도 있겠지만 매일매일 티격태격 소리 지르고, 울고불고…. 매일매일이 전쟁터이다.

이 얘기는 차차 하려고 한다.

흔히 책을 보기 전에 글 쓰는 이의 프로필, 독자에게 책을 쓰게 된 이유를 서론으로 적는데, 대략 이러하다.

이 책을 통해 뭔가를 얻고자, 전문적인 지식을 배우고자 하는 분들이 있다면 지금 당장 이 책을 덮고 다른 훌륭한 저자들의 책들이 있는 곳으로 돌아가시기 바란다. 그럼에도 불구하고 이 책을 집으로 데려가 주신다면 나는 너무 행복할 것 같다.

이 글은 화려하지는 않지만 소소한 하루가 모여서 나를 만들고, 그 하루는 소중한 행복이라는 것을 느끼고 알아 가게 되는 마음 성장 일기장이다.

이 글로 내 마음을 치유하고 싶고, 당신의 아픈 마음을 그냥 안아 주고 싶다. 너나 나나, 사람 사는 거 다 거기서 거기라며 당신의 마음을

편안하게 해 주고 싶다. 아무 말 없이 토닥토닥~

책 제목은 『말풍선과 생각구름』으로 정했다. 만약 당신이 이 책을 다른 제목으로 읽고 있다면 그럴 만한 사연이 있다고 생각하길 바란다.

왜 하필 '말풍선과 생각구름'일까? 손발이 오그라드는, 혹은 예쁜 글자인데….

지금 현재 나랑 살고 있는 남자가 대학교 1학년 때 첫사랑이자 여자 친구였던 사람과 결혼하고 '말풍선과 생각구름'이라는 이름으로 무슨 카페를 차린다고 했었다나, 뭐라나. 조금 생뚱맞지만 나쁘지 않아서 저 멀리 시공간을 지나서 제목을 데려와 본다.

혹시 서점에서 우연히 이 책 제목을 보고 있다면… 남편 첫사랑님! 너그럽게 이해해 주시길 바랍니다. 한번 연락 주시면 남편과 같이, 혹은 둘만의 재회의 시간을 드릴게요.

모든 이들의 첫사랑은 소중하니까요….

차례

처음이라는 말

첫 번째, 첫사랑, 첫 키스, 첫 경험, 첫째 아이….

처음이라는 말은 설렘보다 다시는 돌아갈 수 없는 너무나 절대적이고 잔인한 말 같다. 타임머신을 타고 돌아가기 전까지는 그때 딱 한 번뿐이라는 서글프고 절실한 말이고 냉정한 말이다.

내 첫사랑은 지금쯤 뭘 하고 있을까? 내 첫사랑은 내가 첫사랑이 아닐 수도 있는데 말이지.

난 가끔 생각난다. 대학교 OT 때 법정대에 올라가는 길목에서 만났을 때 환하게 후광이 비친 만화 같았던 일. 군대 2년 2개월을 묵묵히 기다렸던, 참으로 곰스러웠던 나.

그렇다. 제대하자마자 군대 선임들과 여행 가서 다른 여자 연락처를 들고 온 그 남자. 내가 헤어지자고 말했지만 그게 아닌 것 같은 그 묘한 배신감과 아련함.

억울하고 억울하지만 몇 년이 흐르고 이른 아침, 방송 촬영차를 타고 한강을 지나가는데 갑자기 미친 듯이 보고 싶어서 눈물이 났던… 정말 가슴이 찢어지는 듯한 나만 아는 아픔.

이러다 정말 가슴에 구멍이 나는 건 아닐까?

군대 갓 제대한 남자 친구에게 어떤 여자가 보낸 문자를 내가 지금 봤다면… 지금은 이해할 수 있을 것 같다. 그게 뭐라고. 얼마나 그동안 군 생활이 답답했으면 그랬겠냐 하면서 한번 쿨하게 넘겨줬을 텐데… 그때는 너무 어렸다.

결혼할 확률보다는 언젠가는 헤어질 확률이 크고 헤어질 만하니까 헤어진 거고, '그렇게 될 일은 그렇게 되는 거다'라고 자기 합리화를 해본다.

만약 그 첫사랑과 결혼했었더라면 많이 후회했을 거다. 평생 한 남자와 만나고 그 한 남자와 결혼을 하는, 세상에서 가장 불쌍한 년이라고.

그러나 언제 내가 이 최첨단 시대에 그렇게 많은 손 편지를 보내고 받고, 군대 PX 전자레인지에 돌린, 오묘하게 맛나는 냉동 만두를 언제 먹어 보겠나?

그 수백 통의 편지는 추운 겨울 강원도 어느 바닷가에서 지금 같이 사는 남자와 함께 태워 버렸다. 훨훨~

그래서 처음이라는 말은 설레면서도 아쉽다 못해 짜릿하기까지 하다. 또한 잔인하며 냉정하고 갑자기 일상에 찾아와 가슴을 먹먹하게 만들어 놓고 훌쩍 가 버린다.

앞으로 처음을 겪을 나보다 어린 당신, 다시는 맛볼 수 없는 첫맛을 미친 듯이 즐기기를 바란다.

나중에 **입맛** 다시지 말고!

이 작은 벌레야…

출근 후 테라스에서 잠시 커피를 마신다.
창가에 무당벌레 같은 이름 모를 벌레가
열심히 창문을 타고 올라간다.
올라간다. 올라간다….
올라가다 다시 떨어진다.
그리고 다시 또 올라간다.
그리고 또 떨어진다.
나도 모르게 그 벌레에게 응원을 해 주고 있다.
'조금만 더 힘을 내 봐….'
미끄러운 건지, 이제 힘이 없어진 건지….
멈췄다 어김없이 다시 제자리로 떨어진다.

어차피 열심히 창문을 올라간다 해도
아무것도 없는데….
너는 위에 뭐가 있다고 생각해서
그렇게 열심히 올라가려고 하는 거니?
왜 그렇게 열심히 사는 거니?
올라가 봤자 그냥 창문 위에
또 다른 창문이 있을 뿐이야.

그리고 하늘밖에 없어.

거기 위에는 달콤한 열매도 시원한 물도 없단다….

어차피 안 올라가도 돼. 아무것도 없어.

그래… 너나 나나 다를 게 없네.

뭔가 얻으려고 그렇게 기를 쓰지 않아도 되는데….

우리는 무언가 있을 거라 막연하게 기대하고

오늘도 열심히 뭔가를 계속한다.

그런데 말이야… 열심히 해도 아무것도 없을 수 있어.

수업 후에 다시 테라스로 나갔다.

이상하게 그 벌레가 궁금했다. 어떻게 됐을까….

없다. 창틈 사이에도 바닥에도 없다….

다른 벌레한테 잡아먹혔나…. 결국 올라갔나….

벌레야,

그냥 벌레답게 행복하게

너같이 살기를 바란다….

나도 나처럼, 너도 너처럼.

처음처럼

사람을 좋아했다.
사람을 믿었었다.
사람과 있으면 재미있었다.
돈복보다는 인복이 많았다.

사람을 여전히 좋아한다.
그러나 이제는 믿지 않는다.
아니, 기대하지 않는다.
언제나 변할 수 있고 처한 상황에 따라
가까워지거나 혹은 멀어지니까
그래서 급속도로 다가오는 사람들을
이제는 한 발짝 뒤에서 보려 한다.
갑자기 멀어질 수도 있으니까.

이제 안다.
그런 게 사람이라고.
모순덩어리가 모이고 모여
고깃덩어리 육체가 만들어진다.
누군가가 지나갈 때에

고기 썩은 내가 진동을 한다.
혹시나 나한테 냄새가 나지는 않는지
킁킁대며 나를 맡아 본다.

괜찮다.
누군가가 가까이 와도
누군가와 다시 멀어져도
괜찮다.

소주는 잘 못 마시지만
'처음처럼'을 좋아한다.
처음과 같은 사람이 좋다.
처음과 같은 사람이 되고 싶다.
처음처럼 누군가를 애틋해하거나
조심스러워하거나 신경을 쓰거나 어렵거나
조금은 불편할 수 있어도
예의 있게 대하고 싶다.

처음처럼.

싫어하는 사람

내가 싫어하는 사람이 나를 미워하는 것조차
두려워하는 미약한 나.
싫어하는 이기적인 나.

나를 싫어하는 사람도 있고
나를 좋아하는 사람도 있는데

왜 다 나를 좋아해야만 한다고 생각하는가.

그러나 나는 그런 나를 미워하지도
자책하지도 않기로 했다.

그럴 수도 있으니까.
나는 신이 아니니까.

사랑하고 싶고 사랑받고 싶은 건
유일하게 인간만이 누릴 수 있는
정신적 권리이자 값진 사치다.

그 사치를 좀 즐겨 보면 어때서.

나를 싫어하는 사람은 안 만나면 그만이지.

그런데 나는 안타깝게도

나를 싫어하는 사람들을 잘 구별하지 못한다.

미안하지만 제가 사랑받고 살아서

눈칫밥을 먹고 자라지 못했어요!

그냥 대놓고 얘기해 주세요. 너 싫다고!

그냥 당당하게 얘기해 주세요. 나 싫다고!

못 먹어도 Go

인간이 살면서 누구나 겪게 되는 것.
피하고 싶어도 누구도 피할 수 없는 것.
누구나 공평하게 가져가는 것.
어떤 것이 올지 예상할 수 없는 것.
저마다 성격과 모양이 다채로운 것.
내가 스스로 선택할 수 없는 것.
내 곁에 오래 머무를 것 같지만
생각보다 짧게 머무르다 가는 것.
불필요한 거라 생각했지만
개똥도 약이 된다는 것.

어느 날 돌이켜 보면
그것이 지금의 나를 있게 한 것.
인간으로서 세상을 살 수 있는 것에 대한
당연히 치러야 하는 대가.
그 무엇보다 소중한 대가.

세상에는 공짜가 없는 법.
지나가다 언제나 쉽게 밟힐 수 있는
개미로 태어나지 않은 것에 대한 값비싼 대가.
보이기만 하면 잡혀서 죽임을 당하고
거기다 피까지 보이며
처절히 전사하는 모기로 태어나지 않은 것에 대한
보석 같은 대가.

그것은 인간으로 태어난 대가….
'고난'.
누구나 겪어야 하는 이 고난, 참 쉽지 않다.
그럼에도 불구하고 나 이 고난 참 즐기고 싶다.
피할 수 없다면 즐기라며?
즐기지도 못하면 마냥 힘들고 서글플 것만 같아.

그냥 **못** 먹어도 Go, 난.

오늘 일은 내일로

오늘 해야 하는 일은 바로바로.
생각났을 때, 지금 당장! Just Right Now!

하기 싫은 일은 먼저 하기!
오늘 일을 내일로 미루면
그 일들은 내 뒤를 평생 쫓아온다!
그러니 발목 잡히지 말고 어서어서 서둘러!

버티던 오늘이 내일에게 말한다.
"그냥 내일이 하자."
내일이 오늘에게 되묻는다.
"WHAT?"
"그냥 뭘 하려 하지 말고 쉬어."
오늘 일은 내일로~
내일아, 미안하지만 오늘이는 조금 쉴게.
그냥 대충 살자~

이런 신발

끈을 끊어 버리고 싶을 때가,
잡고 있는 손을 놓아 버리고 싶을 때가 있다.

끊어 버리면 위험해질 게 보이는데
놓아 버리면 힘들어질 게 뻔히 보이는데
그렇게 놓아 버리고 싶을 때가 있다.

무엇을 위해서 잡고 있는 걸까?
기쁘지도 않은데….
언제나 그렇듯이 책임과 의무로 열심히 사는 거….

'누가 시켰니? 네가 그렇게 사는 거잖아.
누가 그렇게 살래?'
내가 나를 찌른다.

무엇을 위해서 이러는 거지? 재미없는데….
행복 프레임에 갇혀서 맞지 않는 것을
내 것이라고 우기며 살고 있는 건 아닌지….

어쩌면 안 맞는 신발에 내 발을 구겨 넣어서
나에게 맞게 만드는 건 아닌지….
착각한다, 내 신발이라고.
나한테 어울리는 멋진 구두라고.

키가 커 보인다.
종아리가 날씬해 보인다.
그러나 신발에서 내려오면
그냥저냥 평범한 다리.

발가락이 쓸린다.
발뒤꿈치에서 피가 난다.
걷는 게 두렵다.
다음 한 걸음이 얼마나 아플지
알고 있으니까….

걸을 수가 없다.

그래도 걷는다.

걸어야만 한다, 집으로….

이런 신발~!

진짜 **편한 내 신발**은 어디에.

결혼학

결혼은 왜 하는 걸까? 결혼은 해도 후회, 안 해도 후회한다는데…. 그래서 했다.

둘 다 후회하는 것은 마찬가지인데 안 해 보면 궁금할 것 같고, 그렇다면 해 보고 후회하는 게 더 나을 것 같았다.

그런데 그게 아니었다. 적어도 아이들이 생기면, '아니면 말지' 할 수 있는 단순한 문제가 아니다. 그때는 책임과 의무가 너무나 크다.

우리나라 학교에서는 왜 결혼학이라는 교과목이 없을까?

영어 단어를 알고 해석하는 것보다, 방정식과 루트 공식을 외우는 것보다, 우리가 살아가는 인생, 그중에서 인생의 절반 이상이 될 결혼 생활을 좀 더 심화 학습 해야 하는 건 아닐까?

배우자 선택법, 고부 갈등 커뮤니케이션 법, 자연 분만을 위한 몸 만들기 법, 산후우울증 극복법, 모유 수유 잘하는 법, 우유 잘 타는 법,

이유식 만드는 법, 내 집 마련하는 법, 부부 싸움 대처법, 평생 함께하는 배우자와 질리지 않게 잘 사는 법, 아이들한테 소리 지르지 않고 대처하는 법 등등 너무나 많은데 말이다.

결혼이라는 제도를 맞이하고 그때부터 실전에 돌입해야 하는 게 얼마나 사회적으로 비효율적인가? '엄마도 엄마가 처음이야'라고만 얘기하지 말고 미리 교육받으면 조금이라도 도움이 되지 않을까?

결혼은 겪어 보고 시행착오를 겪는 게 왜 당연한 거라고 여기나?

유치원 때 영어 피닉스부터 시작해서 초등학교 6년, 중학교 3년, 고등학교 3년 그리고 대학교 4년 그리고 직장 생활 하면서 또 영어. 이렇게 많은 시간을 내어 가면서 죽어라 영어 공부는 왜 하는가? 더 좋은 곳에 취업을 목적으로 하거나 궁극적으로는 글로벌 시대에 소통을 잘하기 위해서 그렇게 열심히 공부하는 거 아닌가?

그런데 하물며 두 남녀가 만나서 출산과 육아까지 하며 치열하게 살아가기 위한 결혼의 삶은 왜 선행 학습은 없고 닥쳐야만 하는 건데?

그러니까 너무 힘이 든다. 아무것도 모르겠다.

본능으로 찾아서 하기에는 너무 버퍼링이 걸린다.

남편들도 아내들도 하루하루가 고행의 길이다.

저출산 문제가 시급하다고 출산비, 보육료를 지원하고 양육 수당을 올리는 게 다가 아니다.

여러 가지 정치, 경제 사회 문제가 얽혀 있기는 하지만, 근본적으로는 결혼 전에 결혼학을 먼저 체계적으로 배우고 대처할 수 있는 선행 학습이 이루어져야 한다는 것이다.

왜 그렇게 영어만 선행 학습에 혈안이 되어 있는데?

결혼이 할 만하다는 마음이 들어야 결혼을 하지.

미리 알고 맞으면 좀 덜 아프지 않나? 더 아픈가?

그래도 마음의 준비는 할 수 있지 않은가?

엄마한테 어느 날 묻는다.

"엄마! 나에 대해서 잘 알면서, 나는 결혼이 맞지 않는데 왜 결혼한다고 했을 때 말리지 않았어?"

그때 엄마는 말씀하신다.

"네가 한다며!"

그래, 내가 한다고 했다. 생각 없이, 겁대가리 없이!

결혼이 이렇게 다른 행성의 별나라 얘기였다면 난 그렇게 겁도 없이 생각 없이 결정하지 않았을 거다. 진지하게 한 번쯤은 생각해 보고 또 생각했을 것이다.

왜냐하면 결혼은 여태까지 살아온 나의 삶에 너무나 큰 변화이고 준비된 자만이 누릴 수 있는 길이기 때문이다. 정규직이 되고 나서, 내 집이 생겨야 결혼해야지 하는 물질적인 준비가 아닌 마음의 준비, 즉 생각의 준비다.

내 인생에 있어서 나는 주인공이고 그 주인공은 행복한 날들을 보내고 싶어 하지 않을까?

아직 6살밖에 되지 않은 딸이 나에게 언젠가 묻는다면 이렇게 말할 거다.

"엄마, 나 **결혼**할까?"
"그냥 **엄마랑 같이** 캐나다 **여행**이나 가자."

타인

커피숍에 혼자 앉아 있다. 강남역 근처 어느 스타벅스.

내가 제일 좋아하는 그린티라떼와 크루아상을 주문하고 계산을 하자마자 스콘을 시킬 걸 하는 급후회 모드. 인생은 언제나 선택의 연속이고, 난 언제나 선택의 후회와 아쉬움을 느낀다.

밥값이랑 비슷한 금액을 지불하고 우리 집 소파보다 편하지 않은 의자에 내 엉덩이를 들이밀어 본다. 이곳에서 나가자마자 점심을 먹을 건데… 내 위의 능력을 믿어 보기로 한다.

오랜만에 주문한 커피와 빵을 핸드폰으로 찍어 본다. 남을 별로 의식하지 않는 나인데 어쩐지 좀 창피하다. 스벅이 뭐라고.

이런 데 오는 게 무슨 기념비적인 것처럼 오해받는 것은 아닌지 갑자기 의식하게 된다.

그냥 오랜만에 혼자 타인들과 함께 있는 나를 기념하기 위한 것일 뿐, 그 이상 그 이하도 없다. 스벅이 뭐라고.

긴 머리 풀어헤치고 머리에 별단 여자가 컵에 붙어 있을 뿐.

의식을 무의식으로 돌리고 주변을 돌아본다. 옆 테이블에 아빠 다리 하고 책을 읽고 있는 여자. 자기 집도 아닌데 신발을 벗고 소파에 저렇게 앉아 있는 건 좀 그렇지 않나.

다리를 꼬고 앉았더니 오른쪽 골반이 저려 온다. 나도 곧 그 여자가 되어 버렸다. 음~ 이 자세가 편하긴 하군~

턱을 괴고 시끄러운 소리에도 숙면을 취하는 여자. 부럽다. 아무 데서나 잘 수 있는 평안한 마음.

노트북으로 피아노 치는 남자. 자판 소리가 연주곡으로 변하면 좋겠다.

깨알 같은 글씨들이 빼곡한 종이를 넘겨보는 중년의 남자. 그래도 눈은 좋으신가 보다. 계속 건강하세요!

수트 차림의 남자 커플들. 남자들도 참 말 많다. 친구는 아닌 것 같고 회사 동료 같은데. 겉도는 회사 얘기와 신세 한탄 아니면 일 얘기.

열심히 집밥처럼 아점을 먹고 있는 여자. 집에서 먹고 오지. 근데 참 맛있게 먹는다. 그렇게 맛있나? 곁눈질로 시킨 메뉴를 본다. 다음에 나도 먹어 봐야지.

핸드폰을 보면서 아기처럼 해맑게 웃고 있는 남자. 당신은 지금 웃고 있는 걸 모르지? 여자 친구와 톡을 하는 걸까? 친구가 화끈한 사진을 보내 줬나? 아무튼 너 참~ 행복해 보인다.

스벅 머그잔, 텀블러 상품들을 둘러보는 여자들. 어구구~ 쇼핑 오셨어요~

주기적인 간격으로 매장을 돌아다니면서 정리하고 떨어진 휴지를 줍는 아르바이트생. 대학생인가? 먹고사는 게 힘들지? 나도 네 나이 때 이것저것 알바 많이 했단다. 너도 고생이 많다.

시끄러운 소리에도 유일하게 책을 읽고 있는 여자. 내가 처음으로 커피숍에서 아빠 다리 하고 소파에 앉을 수 있도록 용기를 준 바로 그 여자다. 그냥 마음에 든다. 응원해 주고 싶다. 게임보다 책은 남는 거라도 있잖아. 시끄러워도 멈추지 말고 계속 책을 읽어 주세요~

머리 질끈 묶고 가운뎃손가락으로만 열심히 두드리고 있는 여자. 어떻게 가운뎃손가락만으로 타자를 치지? 신기술이다. 백수인가? 학생 같지는 않아 보이는데 나이도 좀 있는 것 같고. 같이 일하는 직원들 피곤하겠다.

그 여자는 바로 나….

안타깝게도 백수도 아니고, 이 나이에 부하 직원도 없는, 일할 때 빼고 맹탕인 까칠한 나일 뿐.

점점 시끄러워진다.

이 속에서 공부하는 이들이 존경스럽다. 공부를 왜 시끄러운 곳에서 할까? 이런 생각을 하면 꼰대가 되는 것 같아서 바로 이 생각은 멈추기로!

사람들이 많아지고 소리가 소음이 된다.

사람들 소리보다 새소리, 풀벌레 소리가 듣고 싶다.
난 그 소리를 들으러 집으로 가야겠다.

나는 이들을 모른다. 이들도 나를 모른다.
우리는 서로를 알 필요가 없다.
우리는 그냥 스쳐 지나가는 타인일 뿐이니까.

안녕, 타인들~

어제 만났었던 것 같은 사람

급작스러움을 좋아한다.
때로는 부담이 되기도 하지만 그래도 좋다.

갑자기 연락 오는 친구의 전화.
갑자기 옆집과 함께하는 저녁.
갑자기 지인 집 근처를 지나가다
만나서 나누는 소소한 대화.
이 모든 것들은 과연 갑자기일까?

사는 것이 바쁘다는 이유로
정작 중요한 것들을 놓치고 사는 것은 아닐까?
필요할 때만 연락하기는 싫다.
그건 좀… 민망하지 않나?

결혼한다고 한참 동안 연락하지 않았던 사람들을
오라고 초대하고 싶지는 않다.
그깟 축의금이 뭐라고.
내가 낸 거는 꼭 받아야 하는 심보는 사양하겠다.
농작물 수확도 아니고.

그건 좀… 치사스럽지 않나?

10여 년이 훨씬 지난 어느 날,
방송할 때 친했던,
어느 성우와의 급작스러운 만남.

그건 갑자기가 아니라
마음에 늘 서로 생각하고 있었던 건 아닐까?
화장을 안 해도,
파자마 차림이어도,
커피 한잔할 수 있는…
어제 만났었던 것 같은 사람.

그 사람이 마시고 간
덩그러니 놓인 커피 잔을 보며
또 한 번 생각하게 된다.

나는 이런 **급작스러움**이 이상하게도 좋다.

듣고 싶은 얘기

어떤 사람하고 얘기할 때는 기분이 좋고 또 어떤 사람하고 얘기하고 집으로 돌아갈 때는 왠지 기분이 별로다.

왜 그런 걸까?

상대방이 훈남, 훈녀여서? 돈이 많아서? 필요해서?

어쩌면 우리는 내가 듣고 싶은 말을 들었을 때만 기분이 좋아지는 건 아닐까? 또 그런 사람을 나도 모르게 찾고 다니는 것은 아닐까?

상대방과의 대화에서 예상 답안지와 다르면 불편하게 느껴진다. 별로야. 내 스타일이 아니야. 그리고 바로 쭈~욱 마음의 선을 그어 버리는 것은 아닐까?

상대방이 듣고 싶어 하는 다음 얘기가 뭔지도 알 것 같다. 그런데 내 마음은 아닌데, 거짓으로 말하기는 싫다. 그러나 어쩔 수 없이 끊지 못하는 관계라면 상대방이 듣고 싶어 하는 얘기를 내가 말하고 싶지 않아도 해야 할 때가 있다. 해야만 한다.

듣고 싶은 얘기를 하지 않아서 상대가 기분이 좋지 않게 될까 봐 염려하는 감정선까지 깔끔하게 정리해 줘야만 하는, 언제나 훈훈한 마무리를 지어 줘야 하는, 그런 내가 비굴하다.

그 소리가 그렇게 듣고 싶었던 거니?

영혼 없는 소리를 하고 있는 내가 한없이 **비굴해지는 오늘**이다.

새

좋다.
빨래 돌아가는 소리.

좋다.
앰프를 타고 들리는 음악.
한 곡만 반복해서 듣는다.
아침에 술 한 잔 안 해도
알딸딸함을 느낄 수 있다니.
역시 넬의 음악은 몽환적이다.

좋다.
좀비처럼 돌아다니며
출근 준비로 분주해하지 않는 이 멍때림.

이제는 바쁘게 살지 않기로
열심히 살지 않기로 다짐했건만
난 또 오늘 최선을 다해 버렸다.

그 결과는 언제는 제발 이곳에서
같이 일해 달라고 하더니
한 달 만에 해고 통지서와
목감기약으로 가득 찬 약 봉투.
이런 일이 익숙하지 않은 나로서는 참 당혹스럽다.

내 잘못은 아니니까.
그냥 운이 나빴을 뿐이니까.
이렇게 생각해야 내 마음이 편해지는 걸까?
왜 내가 이렇게 바다 같은 마음을 가져야 하지?
난 바다가 아닌데….

어떻게 강사 채용을
내부 상의 없이 무턱대고 하고
이게 아니었다고 종이 한 장 던지는 걸까?
이건 아니잖아.
나는 새가 되어 버렸다.

바다도 새도 싫다.
나는 상처받을 수 있는 사람이다.

운이 좋았다.
감사합니다, 하나님!
저를 그곳에서 건져 주셔서.
텃새 가득한 그 가여운 몸부림들이 안쓰럽다.
뭐가 그리 잘나셨다고 다들….
그렇게 거기서 행복하세요~

지금이라도 당장 출근 준비를 해야 할 것만 같은,
지금이라도 가면 지각은 면할 것만 같은,
미친 생각이 스쳐 지나간다.

월급도 제날짜에 지급하지 않은
그들의 무책임하고 뻔뻔한 경영.

다행이다,

원장이 우리 아빠가 아니어서.

다행이다,

부원장이 우리 엄마가 아니어서.

갑자기 개미허리가 몇 센치인지 궁금하다.

갑자기 수박씨 발라 먹고 싶다.

내가 좋아하는 새! 씨. 방. 새!

냄새

이 나이 먹도록 사람 보는 눈이 없나 보다.

방송하면서 많은 사람들을 만나서 몇 분 만에 상대방을 대략 파악할 수 있는 신기 어린 능력이 있다고 자부했었는데 아닌가 보다.

믿었던 친구의 갑작스러운 카톡 차단. 믿었던 직장 동료의 배신. 믿었던 직장의 또 다른 실상.

너무 믿는 건가? 그런 것도 아닌 것 같은데. 믿으면 안 되는 건가? 사람이 문제인가? 갑자기 사람이 무서워진다.

관계는 언제든 변할 수 있다.

내가 잘하지 못하면, 내가 상대방의 마음에 들지 않으면 언제든 변할 수 있다.

이런 불안하고 불편한 것들을 꼭 해야 하는 건가? 인간은 사회적 동물이라서? 혼자 살 수 없는 거라서? 나보다 우리를 의식해야만 하는 건가? 왜 그래야만 하는 거지?

사람 냄새가 역겨워진다. 썩은 내가 나는 사람들이 스쳐 지나간다. 나한테도 그 냄새가 배어 있는 건 아닌 건지….

짙은 재스민 향기로 가득한 샤워 젤로 몸을 **빡빡** 닦아 본다.

화장실 친구

새벽 어느 날, 화장실에 앉아 있는데 바닥에 뭔가가 꼬물거리고 있다. 잠결에 '뭐, 그냥 벌레겠지.' 하면서 무심히 지나쳤다.

그리고 며칠 후 바닥에 하얀 실 같은 게 보인다. 뭐, 먼지겠지. 내가 화장실 청소를 안 한 지 좀 됐지….

원래 화장실 청소는 온전히 같이 살고 있는 남자의 일이었는데 역시 세상에는 영원한 것은 없다. 자연스럽게 그 불변의 법칙은 깨져 버렸으니까.

그리고 다음 날, 그 생명체와 나는 드디어 마주 보고 앉아 있다. 그 검은색 미확인 생명체는 바로 거미였다.
화장실에 거미라…. 휴지 뭉치로 잡아서 죽일까? 아니야. 그러다가 휴지 사이로 빠져나와서 내 손등에 올라오면 어떡하지? 거미는 내가 생각한 것보다 빠를 수도 있어. 그렇다면 슬리퍼로 밟을까? 아니야. 그러다가 보고 싶지 않은 잔해물을 치우는 게 더 일일 수도 있어.

음… 살려 주고 싶었다.

저 거미는 내가 엄청난 거인으로 보일 텐데. 얼마나 무서울까? 저 거미가 나를 해하는 것도 아닌데 죽일 필요까지는 없잖아.

그래서 나는 살려 주기로 한다.

그리고 며칠이 지나자 '나 그때 만난 그 거미예요.'라고 말할 수 있을 만큼 거미의 형체가 드러났다.

너 거미 맞구나. 반가웠다.

그사이 너는 살도 통통하게 찌고 몸짓이 제법 커졌구나. 생물 시간에 곤충 성장 관찰 실험 같기도 하고, 나날로 커져 가는 거미가 대견스럽다. 나는 아무것도 너한테 준 것이 없는데 너는 스스로 너의 삶을 잘 개척해 가는구나.

얼마 전에 봤던 하얀 물체는 먼지가 아니라 바로 거미집이었다. 우리 인간들처럼 건축가를 고용해서 집을 지을 필요도 없이 스스로 자기 살 집을 짓는 이 거미가 존경스럽기까지 하다.

아무리 본능적으로 집을 짓는 거라고는 하지만 내가 할 수 없는 것을 할 수 있는 저 작은 벌레가 참으로 훌륭해 보인다.

거미집으로 유인해서 기다렸다가 먹을 것을 구하는 자급자족의 완결판. 살고자 하는 끈질긴 생명력.

매일 화장실 변기에 앉아 그 거미를 바라본다.

오늘도 잘 있었니? 오늘은 무엇을 먹고 살았니? 너를 위해서 청소를 하지 않는 거란다. 심심하지는 않았니? 너는 혼자서도 참 잘 지내는구나.

화장실 불이 켜지면 거미는 후다닥 자신의 몸을 숨긴다.

거미야, 이젠 숨지 마. 난 널 그냥 바라만 볼게. 내 화장실 친구야, 화장실에 혼자 있는 그 짧은 시간에도 난 가끔 외롭다.

네가 있어서 난 참 좋다.

난 혼자보다 둘이 **좋은 사람**인가 봐.

나의 작은 사치

언제든 뜨거운 물로 설거지를 하는.
잘 때 온수 매트를 계속 틀고 자는.
겨울에 민소매를 입고 집에서 돌아다니는.
요거트를 먹을 때 뚜껑을 핥지 않는.
거의 다 쓴 치약을 돌돌 말지 않는.
돌돌이 휴지 말고 부드러운 화장용 티슈를 쓰는.
화장품 밑바닥까지 손가락으로 휘젓지 않는.
샴푸 통을 거꾸로 세워 놓지 않는.

가끔은 이런 게 나의 작은 사치~

천사

천사가 정말 있을까?

앞바퀴가 도로 밖으로 나갔다. 도로에서 인도로 차를 올려야 되는데, 뒤에 차는 올 것 같고…. 주차를 어디다 해야 될지도 모르겠고…. 머리와 손이 따로 논다.

그런 생각 중에 드르륵~쿵! 차의 배는 보도블록에 쓸리고 앞발은 저기 도로에 빠져 버렸다. Wow~ 어쩌지.

순간 여러 가지 생각이 스쳐 지나간다.

'나는 왜 여기에 있지?'

내 힘으로는 저 바퀴를 들어 올릴 수 없다. 주변을 살펴본다. 아저씨 두 분이 차를 주차하고 계신다. 헐레벌떡 달려가서 간절히 외친 한마디!

"도와주세요!"

한 분이 차를 봐 주시고 다른 분은 벽돌까지 대고 보도블록 위로 차를 올리려고 했으나… 계속 실패했다…. 보험사를 불러야 될 것 같다고 하신다.

'도와주세요, 하나님.'

그때, 극적으로 바퀴가 올라갔다. 그리고 다른 안전한 곳으로 주차까지 해 주시고 가셨다. '감사합니다'를 몇 번이나 했는지 모른다. 너무나 감사하다.

'연락처라도 받아서 선물이라도 보내 드릴걸… 음료수라도 바로 사서 드릴걸….'

그때는 아무 생각이 없었다.

'하나님, 저에게 천사를 보내 주셔서 감사합니다.'

분명히 우리 주변에는 사람의 모습으로 나타나는 천사가 있다. 그 천사들은 순간순간 우리 삶 속에 왔다가 곧 지나가기 때문에 눈을 크게 뜨고 잘 봐야 한다.

또한 우리도 누군가에게 천사가 될 수 있다.

꼭 하얀 가운을 입고 머리에 링을 달고 날개를 달아야만 천사인가? 지금 당장 주변을 돌아보자. 생각보다 가까이 내 옆에 있을 수도 있으니….

언제 또 갑자기 천사를 만날 수도 있으니 차 안에 음료수라도 항상 넣어 놓고 다녀야겠다.

다음에는 **천사**를 또 놓치고 싶지 않다.

소

우리는 소처럼 일하지.

그럼 소고기 사 먹겠지.

그러다 소가 되겠지.

그럼 또 열심히 소처럼 일하겠지.

그럼 또 돈 벌어서 소고기 사 먹겠지.

그럼 또 결국에는 소가 되겠지.

그럼 또 소처럼 열심히 일하겠지.

72H

이것은 밥통에 늘어 나가는 보온 시간.
내일이면 숫자는 더 늘어나겠지.

밥 차려 먹기 세상 귀찮다.
세상에서 제일 맛있는 밥은?
누가 차려 주는 밥!

엄마, 빨리 오세요~ Come on!

몇 년 시간이 흘러서야
이제는 더 이상 밥통에 숫자를 보지 않는다.
그거 알아?
100시간이 지나가면
0 세팅이 되어서 다시 시작되는 거?
신기하다고 깔깔대고 웃고 있는 나.
지금처럼 철들지 말자.

이제는 밥을 한꺼번에 많이 해서
한 끼 먹을 양을 소분하고

통에 담아 냉동실에 착착 보관한다.

같이 사는 남자 BOB은

이렇게 **밥**을 준비하고 있다.

나이를 먹는다는 건

불고기에 들어 있는 파 싹싹 다 먹기.

고기쌈에 마늘 넣기.

누가 챙겨 주지 않아도 스스로 약 챙겨 먹기.

몸에 좋지만 쓰디쓴 엑기스

돌돌 말아 올려 마지막 한 방울까지 털어 먹기.

얼굴도 모르는 아이돌,

이름도 외울 마음이 없다는 거.

말이 없어지는 거.

정말 웃길 때만 웃는 거.

정말 웃기지 않아도 웃을 수 있는 거.

가깝지 않으면 자주 만나지 않는 거.

놀이동산 가는 날 더 이상 설레지 않는 거.

놀이 기구 타면 속이 메슥거리는 거.

혼자 집에 돌아오는 밤길에

뒤를 자주 돌아보게 되는 거.

엄마, 아빠를 매일 보지 않아도

더 이상 울지 않는 거.

이렇게 **살아갈 수 있다**는 거…

연말 시상식

연말에는 각 방송사마다 시상식을 한다.

TV를 잘 보지 않는 나로서는 별 흥미를 못 느끼지만, 드라마나 예능을 즐겨 보는 이들은 재미있을 수 있을 것 같다. 그러나 다시 봐도 왜 시상식을 방송하는지 모르겠다.

그들의 잔치에 관심이 없다. 누가 대상을 타든지 인기상을 받든지 궁금하지 않다. 게다가 그 정확한 기준도 모르겠다. 그리고 왜 징징대고 울면서 수상 소감을 하는 건지 모르겠다. 그동안 고생한 날들이 파노라마처럼 펼쳐지면서 눈물이 날 수도 있겠다. 내가 그 자리에 있으면 눈물 콧물 흘리며 더 펑펑 울지도 모를 일이다.

시상식 축하 파티로 공연이 있다. 평소보다 더 과감한 노출. 분명 우리나라는 12월 한파인 추운 날씨인데 그곳은 마치 동남아 아열대 어느 섬 같다.

왜 그렇게 과하게 노출해야만 하는 걸까? 나는 그대의 가슴골과 엉덩이를 보고 싶지 않다.

거의 모든 사람들이 한 해 동안 자신의 역할을 다하고 수고했다. 시상식에 나오는 사람들처럼, 아니, 그보다 더 수고하면서 한 해를 보냈을 수도 있지만 이런 시상식은 안 하잖아. 연예인도 직업군에 속하는 한 부류일 뿐이다.

전파 낭비다. 차라리 그 시간에 연말 특집으로 프로그램을 정성스럽게 만들어서 보여 주든지, 그것도 힘들다면 그냥 좋은 영화 한 편을 방송해 주면 좋겠다. 그다음 날 시상식 재방송까지 하더라. 진짜 전파 낭비다. 무슨 시상식까지 두 번 방송을 내보내나.

연말에는 조용하게 한 해를 돌아보며 서로의 수고를 알아봐 주고 격려해 주고 싶다.

당신은 **참 잘하셨어요! 애쓰셨어요!**

묘하게

직장, 일상생활에서 소소하지만 아이디어를 낼 때는 '혹시 내가 천재 아닌가'라는 생각을 가끔 할 때가 있다.

원래 나는 영재였는데 제대로 된 영재 교육을 받지 못해서 빛을 발하지 못했다는 등등 내 맘대로식 생각을 할 때가 있다.

그러나 그런 생각은 '혹시'에서 '역시 아니다'라는 생각으로 나에 대한 과대평가의 오만을 덮는다.

참으로 나의 지식은 잘 빚어진 만두피처럼 얇구나….

기본적인 맞춤법도 틀리고 이상한 신조어를 아무렇지 않게 내뱉고는 한다. 그러다 대화하는 상대의 표정이 조금 이상하거나 동공이 흔들리는 것을 감지한다.

아~ 내가 뭔가 말을 또 이상하게 했구나.

기억을 더듬어 몇 자 적어 보자면 이렇다.

"남을 돕고 싶은 마음이 들어. 기부금을 내는 것도 좋고, 한 달에 한 번 센터에 가서 봉사하는 것도 좋고, 기능 재부 같은 거 있잖아. 나는 영어를 가르치고 당신은 입시 상담을 해 주면 어떨까?"

이 말을 듣고 있는 같이 사는 남자가 말하길,

"좋지~ 아이들과 같이 활동하는 것도 좋고. 근데 뭔가 이상하지 않아? 맞는 것 같기도 하고. 아닌가? 재능 기부 아냐?"

새로 받은 캘린더를 넘기면서 이번 해는 무슨 요일 날 쉬는지 궁금해진다.

"이번 달 빨간날은 언제일까? 부천절도 쉬나? 크리스마스도 연휴인데 부천절도 쉬겠지?"

"그렇겠지. 그런데 부천절? 개천절? 부처님 오신 날?"

집에서나 차 안에서나 항상 음악을 듣는다. 음악 없는 삶은 상상이 안 된다. 차에서 내 핸드폰에 있는 음원들을 연결하려고 하는데 오늘따라 잘 안 된다.

"왜 블랙박스가 잘 안 되지? 기계 등록해 놨는데 이상하네. 신호가 약한가?"

핸드폰과 차량 모니터를 계속 만지작거리는 나에게 같이 사는 남자가 말하길,

"잘 연결해 봐. 내 거 연결되어 있는지 모르니까 한번 봐 봐. 그런데

블루투스 아니야?"

친자식이 아닌데도 정성스럽게 키워 준 부모를 죽이는 장면이 영화 중에 있었다. 너무 잔인하고 매정함이 느껴진다.

"정말 사람도 아니야. 동물이지. 어떻게 이럴 수 있지? 그래서 머리 길은 짐승은 거두는 게 아니라잖아, 쯧쯧…"

"그러니까. 결국에는 혈육이 당기는 게 있나 봐. 그런데 뭔가 이상하다. 머리 검은 짐승 아닌가?"

도로가 막힌다. 역시 접촉 사고가 났던 것이다.

"어떤 차가 잘못한 거지? 쌍방 과실인가? 이런 거 알려면 셋톱박스가 꼭 있어야 된다니까. 우리 거도 잘 작동되나 점검해 봐. 화질이 안 좋으면 녹화되나 마나잖아."

나의 걱정스러운 눈빛을 지긋이 바라보고 이 사람 웃고 있다. 뭐지? 가끔 내가 어린아이 같다며 귀엽다고 말하고는 하는데, 지금이 그런 건가?

난 눈을 더 동그랗게 뜨며 깜빡깜빡거린다.

"왜~ 자기야?"

"블랙박스겠지?"

나에게는 묘하게 맞는 듯 아닌 듯 상대방을 혼란스럽게 할 수 있는 숨겨진 재능이 있나 보다.

기능 재부 하러 가야지!

내 마음대로 안 되는 건

내 마음대로 안 되는 건…
몇 번을 접었다 폈다 해도
한쪽 팔만 삐져나오는 빨래 개기.
드라이할 때 계속 한쪽만 뻗친 머리.
약속 시간은 다가오는데
한쪽만 이상하게 그려지는 눈썹.
잠자고 싶을 때는 일이 많고
자려고 할 때는 잠이 안 오는 불면증.
아이들 빨리 재우고 영화 한 편 보고 싶은데
언제나 힘이 넘쳐나는 아이들.
레시피 보면 똑같이 만들 수 있을 것 같은데
쌓여 가는 설거지거리들과 격한 후회와 피곤함.
각 사람들마다 재능은 다르다는 자기 위안.

나도 모르게 나오는 내 안의 가스.
상대방에게 내 소리를 듣게 하고 싶지는 않은데….
냄새까지 난다면 확실한 증거.
무슨 죄라도 지은 것처럼
갑자기 상대방에게 한없이 부끄러워지는….

이제 이것도 내 맘대로 안 되네.

요즘 내 안의 음식물 정화기가 말썽이다. 먹을 때는 분명 맛났던 향기가 거름 냄새로 다르게 나온다. 몸의 화학적 반응은 참으로 경이롭다. 내가 하나님을 믿을 수밖에 없는 이유 중 하나. 인체의 신비.
이렇게 정교하게 만들 수 있을까?
창조자만이 알 수 있는 비밀.

내 의지와 상관없는 그 녀석들이 자주 뿜어져 나온다. 내 옆에 있는 그들은 저마다 한 소리 하며 한 명씩 내 곁을 떠나간다.

그중 딱 한 명이 "음~ 달콤해. 올리고당 냄새~ 너무 좋아." 하며 나를 와락 끌어안아 준다. 믿기지 않는다.

"거짓말쟁이. 어떻게 달콤할 수가 있어? 우리 좀 더 솔직해지자."

이렇게 말하는 나를 멀뚱멀뚱 쳐다본다.

"진짜인데~ 올리고당 냄새 너무 좋아! 나 올리고당 진짜 좋아해."

다시 한번 더 세게 안는다.
고마워, 나의 팔팔이.
나는 **위풍당당**! 달콤한 **올리고당**!

같은 장소, 다른 마음

일주일 남았다, 퇴사까지….

시간이 왜 이렇게 더디게 가는 건지….

그러나 시간은 갔다. 어김없이. 붙잡으려고 해도 도망가는 시간. 드디어 이 거지 같은 곳을 나갈 수 있는 시간이 되었다.

참 신기하다.

같은 장소, 다른 느낌. 작년에는 분명 너무 행복했었는데. 매일 출근하고 싶어 했었던 나였는데. 일이 너무 신이 나서 즐기면서 했었던 나였는데.

지금은 너무 행복하지 않다. 퇴근을 기다리고 있는 나. 일이 너무 재미없어서 의무로만 하는 나.

분명 내가 머무르는 공간은 같은데. 왜 이렇게 내 마음은 달라졌을까? 사람은 이렇듯 내 입맛 따라 달라지는 간사한 동물이던가? 좋아하던 사람들이 떠나고 그 자리에는 내가 좋아하지 않는 사람들로 채워져 있어서일까? 나름대로 나와 잘 지냈던 사람은 그대로 있는데 그 사람이 변해서 그런 것일까?

그 사람은 원래 그랬었는데 내가 사람 볼 줄을 몰라서 속았던 것일까? 아니면 내가 보고 싶고, 믿고 싶은 모습만 봐서 그동안 바보같이 착각했던 것일까?

내가 앉은 책상, 내가 쓰는 연필, 컴퓨터…. 달라진 것 하나 없는데 내 마음은 참으로 달라졌다. 사람을 모르겠다. 그러나 알려고 들 필요도 없다. 알 필요가 없으니까.

정규반이 아닌데도 가끔 수업 때 오는 한 엄마가 내게 선물을 준다. 직접 만든 지갑과 그 안에는 손 편지도 있었다. 영어를 잘 몰라서 앱 번역기로 찾아서 썼다고 한다.

더듬더듬 찾아서 썼을 그분의 마음이 예쁜 글씨에서 느껴진다. 이곳에서 아이들을 진심으로 가르쳐 주셔서 너무 감사하다며… 다른 엄마들 사이에서도 제일 인상 깊었던 선생님이라며….

그런 말을 들을 수 있으니 나 또한 감사하다.

나는 당연히 내 할 일을 했을 뿐인데 단 한 사람이라도 알아줘서 참고맙다.

마지막 주 수업들이 몇 개가 갑자기 취소가 되었다. 그리고 또 하루 더 쉬게 되는 연차도 생겼다. 우연이라고 받아들이기에는 평상시와는 다른 일들이 펼쳐진다.

이 또한 감사할 일이다.

이건 또 뭘까?

사람한테 인정받은 것이 아니라 내 안의 하나님이 주시는 선물 같다는 느낌이 든다. 사람들한테 내 상황을 일일이 열거해서 설명하지 않아도, 아무 말 하지 않아도, 그분은 저 멀리 제일 높은 곳에서 나를 다 지켜보고 있지 않았나?

모두 다 알고 계신다.

그동안 참 잘했다고, 자랑스럽다고, 고생했다고, 더 이상 억울해하지 말라고…. 이곳에서 나가는 날까지 조금이라도 편안하게 있다 가라고 내게 주신 선물이다.

상황의 합리화가 아닌지 몇 번이나 의심했으나 그것은 분명히 그분이 주신 선물이다. 그러기에는 상황이 너무 절묘하게 나를 불편하게 했던 사람들이 한 명씩 연차를 내서 못난이 얼굴들을 대면할 피곤함을 덜 수 있게 되었으니…. 조금이라도 마음 편하게 나 갈 수 있으니….

같은 공간, 다른 마음.

어쩌면 이것은 내 마음먹기가 아니라 어쩔 수 없는 상황이 만들어 내는 다름이 아닐까? 부정적인 이 마음은 이 공간을 떠나야만 온전히 해

결될 수 있는 게 아닐까? 그래서 그분은 나를 지켜 주시려고 이곳을 떠나게 만든 것은 아닐까?

그래서 나는 떠난다.

시작 같은 끝

한 번쯤은 직장에 처음 입사해 본 경험이 있을 것이다. 그때 기분이 어떤가?

모르는 사람들. 익숙하지 않은 업무. 처음 앉아 보는 책상. 낯선 동네. 경력자라도 누구나 첫날은 긴장할 것이다.

처음에는 겸손하다.
처음 보는 사람들에게는 미소를 짓는다. 그리고 친절하다.

이직을 하거나 어떤 이유로든지 헤어질 때도 처음과 같을까?

화장실 들어갈 때와 나올 때 다른 것처럼 너무나 다른 동물들이 있다. 내가 미워했든 아니든 나갈 때는 함께했던 사람들에게 얘기하는 건 당연한 거 아닌가? 그만둔다고 문자를 틱 보내고 안 나오는 건 아니지 않나?

입사할 때는 그렇게 뽑아 달라고, 기회를 달라고 하더니… 나갈 때는 뒤도 안 돌아보는… 차가움.

뭔가 이상하잖아. 인간 같지 않은. 좀비 같은. 아마 살 껍질을 벗기면 차디찬 뱀 껍질이 나올 거다.

처음에 사람을 만날 때는 앞모습으로 판단하지. 헤어질 때는 뒷모습으로 그 사람의 진짜 얼굴을 볼 수 있지.

그게 사람이니까.
너는 동물이니? 사람이니?

Angry Bird

가끔 우리는 내 안에 있는 화를 참지 못한다.

막말하고 소리 지르고…. 그런데 이렇게 하는 사람이 과연 얼마나 될까?

모두 다 화를 낼 수 있다. 화를 낼 수 없어서 안 내는 것이 아니지 않은가? 참는 거다. 꾸욱~ 가족이라는 타이틀로 우리는 가장 소중한 사람들한테 이 분노를 타인보다 더 잘 표출하지는 않는가? 남보다 소중한 가족인데 편하다는 이유로, 내가 뭐라고 해도 결국은 내 편일 것이라는 믿음으로… 우리는 화를 내고 상처를 준다.

정작 잘 알지도 못하고, 평생 함께 갈 수 없는 타인들에게는 설사 그것이 가식일지라도 얼마나 환하게 짠하고 웃는가? 그 웃음의 반의반이라도 내 가족에게 미소 짓는다면… 친절하고 부드러운 말투로 그들에게 얘기한다면….

진짜 내 편인 가족에게는 무심하게 말을 던진다. 툭!

사회생활 하면서 내 가족 대하듯이 화를 내는 사람들이 있다. 사무실로 불러서 사람들 보는 앞에서 소리를 지르거나 잘못을 저지른 자식에게 훈계하듯이 막 내뱉는다.

침 튄다, 이놈아….

어쩌면 그럴 수 있을까? 한편으로는 그런 사람들이 참 마음 편하게 사는 것 같아서 부럽기도 하다. 그래, 너는 너 하고 싶은 말 다 했지? 상대방은 너의 그 독소가 있는 말을 들었을 때 어떤 기분이 들든지 상관없이….

참으로 대단하다.

그러나 그 짧은 찰나에 생각이 든다. 이 사람… 참 불쌍하다. 어떻게 지내 왔기에 이렇게 된 걸까? 한 인간으로서 내려다보아진다. 신이 아니기에 나한테 막말하는 사람을 사랑할 수는 없다. 원수를 사랑해라…. 거기까지는 No Thanks. 나를 칭찬하고 싶다.

같이 그 상황에 반응하지 않고 그 사람을 불쌍히 여길 수 있는 마음을 갖고 있는 나는, 내 마음을 예뻐하고 싶다.

너만 큰소리칠 수 있냐? 너만 막말할 수 있냐?

직책의 힘을 뒤에 업고 그렇게 행동할 수밖에 없는 불쌍한 인간아….

그건 페어플레이가 아니잖아. 그렇게 너의 분노를 표출해서 좀 시원하니? '남인 나한테도 이러는데 가족한테는 얼마나 막 대할까…'라는 노파심이 든다.

나도 한 성깔 한다. 나랑 같이 사는 남자, 남편이 증인이다. 정말 지랄 같다고 한다. 갑자기 내 성질 다 받아먹는 그 사람한테 미안하다.

남편! 그냥 받아들여. 운명이다.

귀가 피곤하고 눈이 따갑다.

이제 그 입 좀 다물어라! 입에 하루 종일 신은 양말과 스타킹을 물려주기 전에!

돼지우리

돼지들은 평생에 단 한 번이라도
깨끗한 물에 씻는 날이 있을까?
웅덩이에 고인 진흙탕에 씻는 게 다일 뿐….

돼지들은 무슨 생각을 하면서 살까?
배. 고. 프. 다.
먹고 또 먹고 살이 포동포동 쪄서
제일 먹음직스럽게 생긴 놈들부터
잡아먹힌다는 걸 그들은 모를 텐데…
그저 먹는다.

돼지들을 아무리 깨끗이 씻겨 놔도,
또 더러워진다.
돼지는 돼지일 뿐,
깨끗이 씻길 필요가 없다.

아무리 노력해서 변화시키려 해도
그대로이기를 바라는 인간들은
그냥 돼지우리에 가서
배불리 사료를 먹고 또 먹기를….

너는 언젠간 제일 먼저
잡아먹히고 말 테니!

STOP

노란 유치원 차 뒤에
붙어 있는 빨간색 정지 푯말.

신호등의 빨간 눈… STOP!

멈추라면 멈춰야지.
안 그러면 다치잖아.
마음이 다치지 않게 이제 그만 멈추자.

내 마음에 애매하고 헷갈리는
주황색 불이 들어오면
더 세게 달려가지 말고
멈출 준비를 하자.
뭐가 그렇게 급하다고
다른 사람들 따라
급하게 가지 말고 멈추자.

나의 모든 생각들이

그대로 **멈췄**으면 좋겠다.

사람 연구- 비교의 삶

왜 우리는 남들과 끊임없이 비교하는 걸까? 비교하면 비교할수록 내 자신이 초라해지게 마련이다. 사람들은 안 좋은, 힘든 모습보다는 잘 지내는 모습을 보이고 싶어 한다.

왜? 왜 그럴까?

어렸을 때부터 부모님에게 너는 다른 사람들보다 잘 살아야만 한다는 말을 듣고 산 강박 관념 때문에? 남의 부러움을 사서 내가 한층 더 돋보이기 위해서? 남보다 내가 더 잘 사는 것이 내 삶의 성취감이어서?

그렇다면 잘 사는 게 뭘까? 남들보다 돈을 잘 벌어서 대출 없는 큰집에서 사는 거? 남들보다 해외여행을 자주 다녀서 SNS에 자주 사진을 바꿀 수 있는 거? 남들보다 좋은 차, 외제 차를 타고 고속 도로를 눈치 없이 달리는 거?

여기서 느꼈는가? 공통적으로 들어가는 게 있다. '남들보다'…. 이 '남들보다'를 빼 보면 어떨까?

돈을 잘 벌어서 대출 없는 큰집에서 사는 거? 해외여행을 자주 다녀서 SNS에 자주 사진을 바꿀 수 있는 거? 좋은 차, 외제 차를 타고 고속도로를 눈치 없이 달리는 거?

자신이 주체가 되어서 삶을 살아야 진짜 내 인생을 사는 것이 아닐까?

그게 진짜 내 인생이고 내 행복이다.

비교는 내 삶에서 다른 이방인을 개입시키는 거고 그때부터 비교의 시작이자 아무 쓸데없는 에너지 낭비이다. 내 방도 좁은데 타인을 들여다 앉혀 놓고 싶지 않다. 비교하면서 인생을 살다가 죽기에는 나한테 너무 미안하지 않은가?

우리는 언젠가는 없어지는 유한한 존재이고 끝이 있잖아. 그리고 내일도 모르는 나약한 인간들이잖아. 남들과 비교할 시간에 나를 위해 살아 보면 진짜 나를 만날 수 있을 거야.

그리고 진짜 **행복한 나**를 만날 수 있을 거야.

또라이 질량 보존의 법칙

도라이? 또라이?

어디를 가도 꼭 한 명은 있다는 이 법칙. 무엇일까?

그 한 명이 나가면 남아 있는 사람이 그 자리를 어김없이 차지하는 그 운명 같은 그 무엇…. 주변에 찾아봐도 그런 또라이가 없다면 나를 의심해 보자. 불편한 사실이지만 그게 본인일 수도~

어쩌면 사람들이 자신과 다른 생각을 갖고 있는 사람을 경계하고 자신에게 해를 끼칠까 봐 미리 방어막을 치는 것은 아닐까? 나와는 다름을 인정하지 않고 틀리다고 생각하는 것은 아닐까? 내가 하는 것만이 옳고 그렇게 하는 것만이 정상이라고 생각하는 것은 아닐까?

이렇게 저렇게 입장을 바꿔 놓고 생각을 해 보지만 분명히 미친놈은 있다. 그러나 개성이 뚜렷하고 삶의 색깔이 뚜렷하고 괜찮은, 멋있는 미친년, 미친놈이 있다.

반면 남들의 일상을 망쳐 버리는, 혹은 자신의 색깔로 물들어 버리게 하려는 미친놈이 있다. 일명 개또라이, 상또라이다. 어느 날 문득 이런 사람들이 무서워진다.

나만 잘하면 되는 문제가 아니다. 이런 사람들이 어느 날 더 미치고 날뛰어서 내가 아는 사람들을 만날 수도 있고 해칠 수도 있다는 생각이 드니 더욱 무서워진다. 오늘따라 지나가는 사람들을 한 번 더 보게 된다.

똥이 무서워서 피하는 게 아니라 더러워서 피한다? 독 중에 무서운 것 중 하나는 똥독이다. 그것도 지독하게 냄새 나고 더러운⋯ 감염이 될 수도 있는 똥독!

그러니까 밟지 말고 **건너가자.**

결혼을 하는 이유

사람들은 왜 결혼을 하는 것일까? 사람들은 왜 결혼을 해야 하는지 그토록 궁금해하는 걸까? 부모님이 하라고 해서? 남들이 하니까 안 하면 왠지 불안해서?

해도 후회, 안 해도 후회한다니까 일단 해 봤다. 나는… 아무 생각 없이…. 지금 생각해 보면 상대방에게, 지금 같이 살고 있는 남자한테 참으로 무책임한, 나의 이기적인 결정이었다. 결혼 전에 한 번이라도 결혼이라는 것에 생각해 본 적이 없다. 진지하게 결혼에 대해서 생각해 봤어야 한다.

그러나 지금 생각해 보면 내가 그때 진지하게 생각했을지라도 별반 달라질 것이 없었을 것 같다. 사람은 다시 과거로 돌아가도 결국 거의 똑같은 선택을 한다고 하지 않나…. 내가 나이니까, 내가 어디로 가겠니?

결혼이 좋은 건지 나쁜 건지 어찌 알 수 있겠는가? 내가 직접 경험해 보지 않았는데!

그렇다면 결혼을 한 사람들의 경험 어린 충고를 들었어야 하는가? 그 것 또한 어떤 배우자냐, 어떤 환경이냐에 따라 다르기 때문에 그런 얘 기를 받아들인다 해도 '나는 안 그래! 내 배우자는 달라.' 이렇게 되뇌 며 한 귀로 듣고 흘려 버렸을 것이다.

결론은 내가 과거로 돌아가서 선택을 다시 할 수 있는 기회가 왔어도 어찌 됐든 결혼은 했었을 것 같다는 것이다. 그러나 결혼을 하든지 그 무엇이든지, 결혼 전에 나 자신을 위해서도 상대방을 위해서라도 정말 진지하게 생각을 해야 한다는 것을 나는 지금 안다.

그럼 어떤 생각을 해야 할까?

첫 번째, 내가 결혼을 하면 지금보다 더 행복할 것 같은가?

두 번째, 내가 갖고 있는 생각, 나의 생활 패턴이 결혼 생활과 결이 맞 을까? 맞다고 생각하면 다행이지만, 아니라면……. 내가 새로운 미지의 세계에 맞닥뜨려도 잘 적응할 수 있을 것인가?

세 번째, 나는, 배우자는 건강한가?
매우 중요하다. 내가 아파도 상대방에게 민폐이고 반대의 상황이어도 당연히 나한테 미안한 일이다. 그리고 인류 종족 번식을 위해서도 대단히 중요하다.

네 번째, 배우자 말고 배우자의 가족은 우리 가족과 얼마나 비슷한 환경인가? 배우자는 물론이고 그의 가족 또한 절대적인 관찰이 필요하다. 그들이 작정하고 숨기고 연기를 하면 모르는 일이기 때문에 눈 크게 뜨고 귀 기울여서 나의 오감을 다 작동시켜서 지켜봐야 한다.

나는 속았다.
결혼 전에 시어머니를 봤을 때는 나에게 너무나 친절했다. 연세도 많으신데도 설거지도 아들을 시키고 같이 누워서 드라마 보자고 할 정도로 SO~ COOL 하다고 생각했던 시어머니였다. 그러나 그건 완벽한 연기였다.

신혼여행을 갔다 와서 인사드리던 그날부터 자기 아들은 부엌에 들어오지도 못하게 한다. 들어오면 난리가 난다. 남자가 부엌에 들어오면 더 성가시다며…. 무슨 개소리야! 갑자기 며칠 사이에 치매가 걸리지 않고서는 이런 대사기극이 어디 있는가?
나는 속았다.

다섯 번째. 내가 결혼을 하고 아이들을 낳는다면 지금의 생활과 완전히 다른 삶을 살게 될 것이고, 특히 남자보다 여자는 많은 자기희생이 따르는데 그것을 감당할 수 있겠는가?

나는 어리석게도 이런 것들을 하나도 고민하지 않았고 결혼이라는 엄청난 일을 선택했고, 저질러 버렸다. 그렇게 나 자신을 사랑하는데 이 어마어마한 내 인생의 한 획을 정말 무책임하게 그어 버렸다. 그래서 8년 동안 남편과 미친 듯이 싸우고 미워하고 원망하고 심지어 내가 낳은 두 아이들도 원망하면서 살았다. 병을 얻고 나서야 깨달음으로 원망의 마음은 많이 사그라졌다.

그러나 남편과의 갈등, 육아의 스트레스가 맞닥뜨리면 다시금 그 원망과 후회가 내 마음을 아프게 긁어내린다.

결혼을 아직 하지 않은 당신! 혹은 결혼을 하려고 마음먹은 사람들은 반드시 결혼 전에 왜 내가 결혼을 선택해야 하는지 깊이 생각해 보기를 바란다.

결혼은 해도 후회, 안 해도 후회라는 것은 새빨간 거짓말이다. 결혼보다 이혼이 더 쉽지 않은 것이 문제다. 왜냐하면 아이들이라는 새로운 생명체가 태어나는 변수가 있기 때문이다.

그리고 부모는 그들을 사람으로 키워 내야 하는 막중한 의무와 책임감이 있기 때문에 내가 마음에 안 든다고 '그냥 없던 걸로 해요' 하는 문제가 아니다.

내가 다시 타임머신을 타고 과거로 돌아간다면 나는 정말 고민하고 철저하게 비교할 것이다.

그것은 내가 속물이 되는 것도 아니고, 세속적인 사람이 되는 것 또한 아니다. 왜냐하면 인생의 주인공은 바로 나이고 내가 더 행복해지기 위해서인데 이보다 더 중요한 일이 어디 있단 말인가?

반드시 필요하다. 절대적으로!

그러나 확실한 것은 안타깝게도 타임머신은 아직까지 이 세상에 존재하지 않는다는 것이다. 그래서 나는 내 경솔한 선택의 책임을 지금까지 지고 있다. 왜냐하면 내가 선택한 거니까….

때론 그게 운명이라는 굴레로 나를 합리화시키며 위안을 삼는다.

잘못된 선택인지 운명인지는 아직까지 잘 모르겠다.

그래서 난 좀 더 **살아 보기로 했다.**

1, 2, 3, 4, 5, 6, 7, 8, 9… 0

매달 찍히는 숫자….

그리고 곧 사라진다.

그건 바로 내 월급이다.

4년제 대학을 나왔고, 방송국 PD를 했었고, 캐나다에서 영어를 가르칠 수 있는 TESOL 자격증을 따 왔고, 영어 강사로서 아이들을 가르치고 있는 지금의 나의 숫자….

이 숫자는 그동안 우리 부모님이 피땀 흘려 버신 학비와 내 노력과 좌충우돌 많은 경험으로 짜낸 기름에 비해 너무나 적다. 만족스럽지 않다.

그래서 난 생각한다.

이건 돈이 아니다. 그냥 숫자일 뿐이라고…. 하루 나한테 왔다가 소리 없이 사라지는 것들이라고.

당신은 당신의 월급에 만족하는가? 만족하는 사람이 과연 얼마나 있을까? 나는 앞서 말했듯이 만족스럽지 않다. 그래서 현실은 그대로 잠시 놓아두고 내 생각을 바꾼 것이다. 숫자일 뿐이라고, 어차피 없어질 것들이라고….

그리고 그 숫자 대신 만족할 만한 것을 주변에서 찾아본다.

같이 일하는 사람들이 좋다면… 내가 좋아하는 일이라면… 내가 하고 싶은 일이라면… 내가 웃을 수 있는 일이라면…. 이 중에 마음에 드는 것이 하나라도 있다면 그 숫자쯤이야 **던져 버려!**

다른 갑작스러움

나는 이런 갑작스러움을 좋아한다.

왜 그런지는 정확히 모르겠지만 이미 다 알고 있는 건 너무 뻔하지 않은가? 아이들이 왜 크리스마스에 산타를 기다리겠는가? 설령 그 산타가 아빠라는 사실을 안다 해도 선물을 기대하고 싶고, 산타 할아버지를 믿고 싶어서인지도 모른다.

우리는 이렇게 매년 크리스마스를 기다린다.

아기 예수님의 탄생일인 본연의 의미는 어디로 갔든지 종교·비종교인 모두 우리는 기다린다. 그건 아마 우리 모두 뭔가 짠하고 받을 수 있는 갑작스러움을 기다리고 있는 건 아닐까?

남자친구의 갑작스러운 방문, 아무것도 하기 싫어서 집에서 뒹굴뒹굴 할 때 갑자기 울리는 벨 소리.

"잠깐 나와."

거지같은 꼴로, 맨얼굴로, 파자마 차림으로 나가도 아무렇지 않을 수 있는… 이 세상에서 가장 편한 그가 나보다도 더 큰 곰 인형을 안고 있을 때. 밥은 먹기 귀찮고 매콤한 게 당겼는데 마약 떡볶이와 매운 닭발 그리고 센스 있게 쿨피스, 계란찜 포함 세트를 문 앞에 놓고 갔을 때….

그런 갑작스러움이 좋다. 너무 좋다.

나는 이런 갑작스러움을 싫어한다.

아기를 낳고 출혈이 심해서 병원 구급차에 몸을 싣는다. 응급실에 들어가서 수술실로 들어간다. 시간이 흐를수록 정신은 또렷하다. 그런데 내 몸은 차디찬 수술방 침대에 계속 누워 있다.

나를 둘러싼 많은 의사들, 심지어 인턴 의사는 졸기까지 한다. 1차 수술 후 의사들이 나가고 다시 들어오고 2차, 3차…. 난 금방이라도 훌훌 털어 버리고 걸어서 나갈 것만 같은데….

나를 모르는 사람들, 처음 보는 사람들에 둘러싸여 내 다리를 벌리고 몇 시간째 누워 있다.

치욕스럽다. 그리고 무섭다.

아무리 하나님께 숨죽여 기도를 드려도 나는 여전히 누워 있다. '아… 이러다가 죽을 수도 있겠구나…. 우리 아기 얼굴 한 번 보고 손 한 번 잡아 본 게 다인데, 못 보고 여기서 죽을 수도 있겠구나….'

이런 갑작스러움은 싫다. 정말 싫다.

갑작스러움은 내 뜻이 아니다.

알 수 없다.

좋든 싫든 갑작스러움이 오면 받아들이면 된다.

일상의 단조로움을 한 번씩 뒤흔들고 가 버린다는 것을 그것이
지나가고 나는 이제 안다.

친구

친구…:

학창 시절에 친구란 절대적인 존재이자 내 인생의 전부같이 보이기도 했다. 친구가 슬프면 내가 슬프고, 나 때문에 화가 나면 안절부절 신경 쓰이고, 화를 풀어 주고 싶고, 뭐든지 같이하고 싶었을 뿐이다.

여자들은 화장실에 갈 때도 같이 가고 심지어 같은 칸에 두 명이 들어가서 볼일을 보기도 한다.

왜 그런 짓을 했을까?

그때 손 붙잡고 같이 화장실에 들어갔던 그 친구와 당신은 지금도 연락을 주고받는가? 지금 그 친구와 눈을 마주 보고 커피라도 마실 수 있는가?

나는 그렇지 않다. 이름도 가물가물 기억이 희미해져 간다. 그 친구가 어디에 사는지, 무엇을 하고 사는지, 결혼은 했는지, 아이들은 있는지 아무것도 모른다.

친구라는 단어가 고맙고 소중한 의미라고 생각하기는 하지만 지금은 내 인생에 있어서 절대적이지도 필수적이지도 않다. 한마디로 없어도 살 만하다.

친구가 없으면 외롭기는 하겠지만 한없이 슬프지도 않고, 없으면 죽을 것 같지도 않다. 친구가 없어도 이 세상 살아갈 만하다. 친구가 없이도 살아갈 수 있어서 씁쓸하다.

뭐가 나를 이토록 변하게 한 것일까? 나는 나, 그대로인데 나의 생각은 왜 변한 걸까? 나이 든 어른들을 보면 사람이 변하는 게 쉽지 않고 사람은 변하지 않는 것을 쉽게 알 수 있다. 그런데 나는 왜 변해 있는 걸까?

지금부터 당신은 이 '친구'라는 단어로 나를 테스트해 보자. 나처럼 변해 있는지, 아니면 학창 시절 그대로인지…. 친구라는 말 한마디에 가슴 먹먹함을 느끼는지, 아니면 무덤덤한지….

바쁜 나를 잠시 내려놓고 지금부터 잠시 눈을 감고 생각해 보자.

친구들아, 잘 살고 있니?

싹둑

노을빛으로 물든 벼는 갈대 같기도 하고 억새 같기도 하다…. 참 아름답고 신비롭기까지 하다.

퇴근길에 보는 벼는 이제 익숙하다. 이사 온 지 벌써 1년이 다 되어 가는구나…. 높은 빌딩과 위태롭게 우두커니 서 있는 아파트, "내가 제~일 잘나가~"라고 하는 듯 소리를 지르는 경적들 속에 살다가 이제 는 버스를 놓치면 한 시간 후에나 탈 수 있는 이 친환경적인 환경을 보라….

어느 날 퇴근길에 상상을 해 본다.
옆에 남자 친구가 있었다면… 이렇게 말하지 않았을까?

"이 벼는 꼭 우리 같아. 처음에 봤을 때는 새파란 새싹이었는데 지금 이렇게 자라고 있네. 서로 익숙해지고 더 깊게…. 우리가 서로 몰랐었는데 지금은 서로 알아 가고 사랑하게 된 것처럼….”

나의 대답은 이러했을 것이다.

“음… 그럼 이제 곧 잘리겠네.”
“?”
“추수 끝나고 잘리지 않나? 그럼 언젠가 우리도 잘리겠네, 싹둑….”
‘….’
세상에 영원한 것은 없다는… 새침하고 쓰디쓴 이 법칙.

이 흔한 논밭도 알고 있었던 것을 왜 나는 그때 몰랐었을까….

몽 쒜라기

오늘은 퇴원 후 처음 외래 진료가 있는 날….

몇 주 전만 해도 난 환자복 차림에 휠체어를 타고 다녔는데 오늘은 아이들 어린이집 등원까지 성공시키고 달리는 차 안에서 눈썹을 그리고 있다. 그래도 오랜만에 만나는 담당 의사 선생님한테 난 원래 그런 아줌마스러운 여자가 아니었다고 말하고 싶은 무언의 자존심 도장이라도 찍고 싶은 거랄까….

안과 진료를 먼저 보는데, 일단 시신경은 정상이라는…. 병원에서 흐릿하게 안 보였던 글자들이 보여서 정말 다행이다. 입원했을 때 진료 보러 갈 때마다 볼 수밖에 없는 수많은 과 간판들의 글자들이, 보였던 글자들이… 안 보여서 얼마나 힘들었던가…. 얼마나 무서운 나날들이었던가….

감사합니다.

외래 진료 예약 시간이 남아서 남편한테 얘기한다.

"나 기도실 가고 싶어. 그리고 편의점에서 쿠키라도 사서 가고 싶어…"

멀리 여행 갔다가 집에 온 것처럼 기도실을 보자마자 마음이 평온해진다. 기도 편지에 감사의 글을 쓰고 몽쉘 2박스를 올려놓는다.

십자가를 보며 감사의 기도, 위안의 기도를 드리고 또 눈물이 주르륵 흘린다.

나는 다시 또 라바가 되었다.

기도를 드리기 전에 크리넥스 휴지통을 안고 의자에 앉는다. 그 곽티슈 통 하나가 전념 기도의 노하우가 되어 버렸다. 눈물이 나도, 콧물이 나도 계속 기도할 수 있으니까…

기도를 드리고 있는데, 갑자기 고요함이 낯설게 느껴진다. 내 옆에 있는 남자는 기도를 드리는 건지 그냥 앉아 있는 건지, 내가 너무 진지하니까 민망해서 이러고 있는 건지 갑자기 신경이 쓰인다.

내 몸이니까 나만 회복하기를 간절히 바라서 혼자 기도드리는 건가? 조금은 쓸쓸해지려 한다.

그러나 괜찮아. 그리고 고마워 티슈야. 이제 선생님 만나러 가자.

확진을 받지 못한 채 애매모호한 병명. 스테로이드제 약을 한 아름 안고 힘겹게 주차장으로 향한다. 우리 차 옆에 딱 봐도 비싼 외제차가 서 있다. 그러나 난 우리 차가 제일 반갑고 편하다. 좋다, 편하게 앉을 수 있어서…

어… 그런데 몽쉘 과자 한 박스는 새거였는데….

아까 기도실에서 2박스 놓고 1박스는 차에 놓고 온다고 했는데 왜 뜯어져 있지? 허기져서 주차장에 빠져나오자마자 상자를 꺼냈다.

없다. 하나가 없다. 분명 하나가 빈다.

"뭐지? 먹었냐?"

"어… 하나 …. 단 게 당겨서… 하나 먹었어."

"뭐냐? 언제? 아까 차에 가방 놓고 온다고 간 거였잖아. 나 눈물로 기도할 때 넌 먹고 왔냐?"

아… 그래, 산 사람은 살아야지…. 그래, 그럴 수도 있지….

그래, 다 내려놓자…. 이 몽 쒜라기 같은….

사랑할 수 없는 시

내가 싫어하는 음계, 시

내가 싫어하는 야채, 시금치

내가 싫어하는 얘기, 시시한 얘기

내가 더 싫어하는 얘기, 시시콜콜한 얘기

내가 싫어하는 표정, 시무룩

내가 싫어하는 택시, 시발택시

내가 싫어하는 닭, 시이암탉

내가 싫어하는 옷 스타일, 시스루

내가 싫어하는 알갱이, 시이앗

내가 싫어하는 운동, 시이름

사랑할 수 없는 집, 시이댁

사랑은 **할** 수 **없는** 시

There is ~가 있다!

인터넷에 떠도는 출처 불명의 '없다' 시리즈.

어쩌면 이렇게 함축적으로 표현할 수 있을까?
100세까지 산다면 이 글의 의미를 알 수 있을까?
그러나 우리는 모르지 않는가?
내가 몇 살까지 살지.
그분만 아실 뿐.

'없다'라는 말은 왠지 씁쓸하다.
무언가가 없다면…
그 끝이 다~ 필요 없다면
이렇게 산들 저렇게 산들,
열심히 살지 않아도 된다는 거 아닌가?
대충, 아무렇게나,
움켜쥐지 말고 다 내려놓고 살면
'없다'가 '있다'로 되는 게 아닐까?

여기서 바꿔 보기로 한다.

Upside Down

'있다' 시리즈
10대 깡이 있다
20대 도전이 있다
30대 내 편이 있다
40대 돈이 있다
50대 맛집이 있다
60대 자식이 있다
70대 시간이 있다
80대 여백이 있다
90대 쉼이 있다
100대 숨이 있다

상황에 따라 맞기도 다르기도 하겠지만,
아직 그 나이대가 안 돼서 모르기도 하지만,
이럴 것 같다.

'없다'보다는
' 있다'를 믿어 보기로 한다.

양말 한 짝

집에 돌아온 후 옷을 갈아입고, 입은 옷과 신은 양말을 벗는다. 귀찮다. 오늘은 친절하게 세탁기에 넣고 싶지 않고 무심하게 던져 버리고 싶다.

툭! 그냥 막 던진 양말. 그런데 안타깝게도 양말 한 짝이 쏙! 그것도 세탁기와 선반 사이 구석에 떨어져서 들어간다.

그냥 내버려 둘까…. 순간의 갈등을 하고 비좁은 구석 사이로 손을 뻗는다. 참 없어 보인다. 안 잡힌다, 된장~! 가제트 만능 팔처럼 순간 초인적인 힘으로 팔을 더 길게 뻗어 본다. 잡힌다.

내 팔은 아프지만 꺼낼 수 있어서 다행이다. 휴~ 이제는 비굴하게, 조금은 조심스럽게 세탁기 안에, 늘 그랬듯이 제대로 집어넣는다.

아~ 양말조차 내 맘대로 되는 게 없네.

그냥 좀 던져 봤다!

그냥 **막 던지고** 살면 좀 안 되는 거니?

삐뚤빼뚤

주차를 하고 차에서 내린 후에야 차가 삐뚤어져 있다는 것을 알아차린다. 후방 카메라도 보고, 사이드 미러도 보고, 열심히 했는데… 다른 차들은 가지런히 서 있는데…. 경차라서 비스듬히 세워 봐도 주차 라인에 다 들어갈 수 있으니 좋다고 해야 하나.

귀찮다. 순간의 짧은 갈등. 그리고 뽁뽁~! 누른다. 일직선으로, 최대한 기둥 옆에 가까이 대서 옆 차가 편하게 문을 열 수 있게 하는 배려의 주차. 또한 문콕을 최소한 방지할 수 있는 세심한 주차.
주차 예쁘게 했다고 칭찬 들을 것도, 상 받을 것도 아닌데…. 다시 차에 들어가 운전대를 다시 잡고 만다.

똑바로 대지 않아도 돼. 주차 라인에만 들어가면 되는 거야.

가끔은 삐뚤어져도 괜찮아….

삐뚤어지고 싶다.

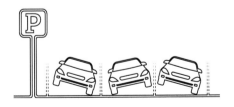

너무 먼 당신

너는 왜 그렇게 씩씩거리는 거니?
그렇게 중요한 일도 아닌데.
오늘 무슨 일이 있었니?
직장에서 일이 잘 안 풀리니?
와이프랑 심하게 싸웠니?
자식이 속을 썩이니?
대출 이자 내기가 힘이 드니?
어디가 아프니?
지금 배가 고프니?
변비 걸렸니?
사랑받지 못하고 살았니?
사는 게 막막하니?
…

자기 차 옆에 바짝 차를 댔다고
보자마자 짜증 내는
어느 이웃집 아저씨.

"죄송해요."라고 말했더니
"AC"라고, B를 건너뛰며 답하는
어느 이웃집 아저씨.
알파벳 영어 공부부터 시작하시라~

이웃의 정의,
서로 접하여 가까이 있는 사람이나
집, 지역을 일컫는 말.

가까이하기에는 너무 먼 당신.
가까이하고 싶은 이웃 어디 없나요?

오늘이 내일에게

오늘이 내일에게 인사를 한다.
"내일 또 만나."
내일도 오늘에게 말을 건넨다.
"오늘도 수고했어."

밑에서 듣고 있던 침대가
오늘과 내일에게 인사를 한다.
"잘 자~"

서로가 서로를 위하는 밤.
따뜻한 **밤**.

놓치면 후회하는 것들

길을 걷는다.
날씨가 좋다.
걸음을 멈춘다.
하늘 바라보기.

비가 온다.
빗소리가 좋다.
예쁜 장화 신고
웅덩이에 고인 빗물 밟아 보기.

산에 올라간다.
낙엽 밟으며 바스락 소리 내기.

눈 감고 새소리, 바람 소리 듣기.
나무 만지면서 얘기해 보기.
(#미친년_주의보
#혼자_있을_때_해_보기
#누가_보면_그냥_눈_감기)

오늘은 금요일.

늦게까지 TV 보고 나무늘보 되기.

(#알람은_반드시_끄고_자기)

주말 동안 자연인으로 살아 보기.

(#절대_하루_종일_치카치카_세수_금지

#최대한_자연인으로_살기)

더 이상 고음이 안 올라가도 된다.

괜찮아. 높이까지 안 올라가도 되잖아.

노래방에서 당당히 삑사리 내기.

(#음의_이탈에서_해탈하기)

길을 모르겠다.

구글맵을 뒤적여 본다.

움직이는 화살표를 따라가 본다.

사람들이 보인다. 앱을 끈다.

지나가는 사람들에게 무작정 길 물어보기.

(#사람_냄새_온기를_느껴_보기)

생각나는 사람들에게

톡 말고 바로 전화하기.

"그냥 보고 싶어서 전화했어."

(#너는_그동안_연락을_왜_안_했니_등_그딴_소리_하지_말기)

혼자 여행 가기!

내가 모르는 낯선 곳에서 나를 꼭 만나 보기.

(#해외여행이라면_한마디도_한국어로_말하지_않아_보기)

그냥 하는 거야.

놓치지 말자,

일상의 **사소함**을!

첫째

장남. 장녀.
듣기만 해도 무겁다.
자식 중 첫 번째로 태어난 것뿐인데.
내가 먼저 태어나려고 나온 것도 아닌데.
그냥 자식 중 하나일 뿐인데….
유독 첫째라서 짊어져야 하는 것들을
너도 나도 암묵적으로
우리는 인정을 하게 된다.

지나고 나서 보니
부모님한테 더 어리광부렸어야 했다.
어른스럽게 스스로 잘하려고 했던 나.
나 아니면 안 된다는 착각.
나이가 들어도 자식은 자식이다.
부모는 부모다.
가족으로 맺어지는 순간부터
바뀔 수 없는 역할이다.
그 역할을 침범하는 건
오지랖일 수도.

착한 딸이라는 프레임에 둘러싸여서
서로 역할의 선을 넘지 말자.

스스로 조용히 말해 본다.
너무 잘하려고 애쓰지 않아도 된다고….

"첫째야, 첫째라고 참지 마!
동생한테 양보하지 마!
너도 똑같은 자식일 뿐이야.
너를 첫 번째로 응원한다,
나의 1호 **팔팔아~!**"

오글오글

도서관은 요즘 나의 작은 찜질방.

이용하는 어린이 도서관에는 아이들에게 책을 읽어 줄 수 있는 작은 방이 있다. 따뜻하다. 슬슬 몸이 바닥과 한 몸이 되어 간다. 아이들에게 책을 읽어 줘야 하는 의무감이 들지만 나는 일단 누워야겠다.

눕는 것도 잠시…. 어느 엄마가 들어와서 딸아이에게 열정적으로 책을 읽어 준다. 배우 해도 되겠다. 아이가 골라 온 책을 최대한 조용하게 읽어 주고 있는데, 읽다 보면 내 목소리인지 저 여인네의 목소리인지 분간이 안 된다.

듣고 싶지 않은데 들리는 신명 난 동화 구연. 그에 뒤질세라 엄청난 그 아이의 리액션. 책도 많이 갖고 왔다. 책상에 수북이 쌓인 책들…. 참~ 너도 열심히 산다.

그러나 나는 오글거리는 소음을 못 참겠다.

문밖으로 나가서 내 책을 고르고 창밖에 떨어지는 낙엽을 바라보며 책을 읽는다. 그러면서도 한편으로는 묘한 죄책감이 든다. 나도 저 엄마처럼 갖은 동물 성대모사를 써 가며 박진감 넘치게 책을 읽어 줬어야 했던 게 아닌가? 다시 들어가서 읽어 줄까?

아니다.

나는 지금 내 책을 읽는 게 더 좋다. 이 시간으로 더 많은 에너지를 생성해서 그 에너지로 아이들에게 남은 하루를 쏘리라!

책을 읽고 있는데 이곳에서까지 문 틈새로 그 아이와 엄마의 소리가 우렁차게 새어 나온다. 거슬린다. 조용히 책을 읽고 있는 주위 사람들은 바라본다. 괜찮나? 나만 예민한 건가?

꾸욱 참고 다시 책 속으로 들어가 본다. 그러나 점점 격해져 가는 웃음소리! 저 방에서 아랑곳하지 않고 책을 읽는 내 아이들이 갑자기 격정이 된다. 창밖으로 안을 내려다보니, 음… 역시 우리 애들은 강하다!

놀면서 잘 읽고 있다.

갑자기 고맙다, 생각보다 강인해서!

고맙다, 버텨 줘서!

장하다, 반응해 주지 않아서!

마감 시간이 다 되어서 다시 그 방에 들어가 본다. 책상에 여전히 책들이 수북이 쌓여 있다.

음… 가지 않았군. 그들이 다른 책을 고르려고 잠시 나갔다고 생각했다. 그러나 그들은 책상에 고스란히 책들을 퍼질러 싸고 가 버렸다. 뒤처리도 하지 않은 채…. 어쩌면 이럴 수 있지?

마침 사서가 마감 시간을 알리려고 들어온다. 갑자기 궁금했다.

"저~ 이 방에서 읽은 책들은 반납 선반에 올려놓지 않아도 되나요?"
"아니요. 읽은 책들은 다시 꽂아 두시면 되고요, 밖에서는 반납장에
올려놓으시면 돼요."

너무 당연한 질문을 한 건지도…. 조금은 유치하지만 오해받기 싫다.
그리고 아이들에게 자연스럽게 알려 주고 싶다.

"여기 이 책들은 저희가 그런 게 아니에요. 혹시 오해하실까 봐요."

그 사서는 웃음으로 대답을 해 준다.
서로 무언의 암묵적 공감. 씁쓸하다.

정말 이러지 말자. 아이에게 열심히 책을 읽어 줬던 엄마보다 읽었던
책을 제자리에 갖다 놓을 줄 아는, 주변 사람들은 든든지 말든지 큰 목
소리로 내 아이만 바라보는 엄마보다는 내 책을 골라 읽으며 행복해할
줄 아는, 그런 사람의 뒷모습이 더 아름다운 게 아닐까?

내 뒷모습이 앞모습보다 더 예쁘기는 하다!
자뻑이지만 괜찮아!
아니, 뒷모습, 앞모습 모두 예쁘다!

My Way, One Way

"우리 악수하자. 그동안 반가웠어. 5년 동안 같이 지내서 좋았고, 고생했고, 앞으로 잘 지내."

"…."

"아, 맞다. 네가 입고 있는 옷은 내가 사 준 옷인데… 다 벗고 가, 팬티까지. 음… 아니다. 그냥 너 가져. 내가 주는 마지막 선물이라고 생각해."

"… 싫어. 안 갈 거야…."

눈망울에 눈물이 글썽글썽 맺히더니 뺨에 눈물이 흐른다…. 흐느끼지 않으려고 부단히 눈물을 꾹 참는 울음소리가 그의 숨소리에 묻혀 나지막하게 들린다.

"아니야, 나 정말 힘들어서 그래. 이제 너랑 같이 못 살겠어. 나보다 더 좋은 사람 만나서 행복하기를 바라. 우리 정말 웃으면서 헤어지자,

쿨하게."

그는 오늘도 나를 힘들게 하고 가 버렸다.
어린이집이 직장인 5살짜리 남자 친구.

요즘 벌써부터 그 아이의 중학생 모습이 그려지면서 겁이 난다.
얼마나 나를 잡아먹으려고 할까…. 지금도 이러는데, 그때는 더 머리
가 클 텐데….
이래서 머리 검은 짐승은 거두어들이는 게 아니랬나? 이 말은 틀린
말이지만 나는 이 말을 넣고 싶다. 이상하게도 어떤 면에서는 맞는 듯
하다.

인간이 살면서 겪는 당연한 성장 과정이지만 4(4세)춘기부터 지금까
지 그분은 자기 고집이 너무 강하시다.
정말 My Way, One Way….
자아가 형성되는 과정인지라 웬만하면 No라고 얘기하지 않으려고
노력 중이지만… 위험한 것을 보고 그냥 하라고 하는 건 방치이지 않
나? 그래도 직접 경험을 해 보는 것이 산교육이니까 그냥 지켜봐야 되
는 건가?

다른 사람의 기회를 빼앗아 가면서까지 자기가 하고 싶은 것을 하려
는 그의 자유의지, 자기애…. 그냥 보고만 있어야 하는가?

아직 어리지만 어른들한테 친구 대하듯이 하는 말투와 행동. 영어라고 생각하고 존댓말을 무시해야 하는 건가? 그렇다면 반말에 간단히 'please'만이라도 붙이라고 알려 줘야 하나?

누나 것을 뺏으려 할 때 중재를 하다가 언제나 싸움으로 가는 결말. 우는 소리, 징징대는 소리가 더 이상 듣기 싫다. 집안의 평화를 위해서 누나니까 동생에게 양보를 부탁해야 하나? 먼저 태어나고 좀 더 어른이 되어 가는 속도가 동생보다 빠르다고 왜 양보를 해야 하나?

혼란스럽다. 이런 복잡한 상황.

언제나 처음에는 대화로 이 상황을 수습하려고 한다. 지금 너의 기분은 어떤지, 네가 이러면 상대방의 기분은 어떨지, 만약 상대방이 너한테 이러면 너의 마음은 어떨지… 무수한 예를 들어 가며 설득을 한다. 전공 시간에 배웠던 이론이 쓸데도 가끔은 있구나….

그러나 실패.

그렇다면 다음으로 심적 압박 내지 협박 단계. 조금은 치사한 방법이다. 네가 계속 너의 고집대로, 너의 뜻대로 한다면 밥 먹고 간식은 없다. 네가 좋아하는 태권도 학원을 끊겠다. 교회 끝나고 키즈카페 가는 건 없다. 생각나는 건 다 갖다 붙이며 치사한 협박들을 건다.

그러나 또 실패.

마지막 단계.

언어폭력과 감정적인 나쁜 말 세리머니. 양팔을 들어서 가까스로 두 손이 닿을 만한, 그 여리고 짧은 팔을 들게 한다. 포인트는 양쪽 귀에 딱 붙여야 하며 주먹을 쥐고 곧게 하늘을 향해야 한다. 또한 무릎을 꿇어야 하며, 닭똥 같은 눈물이 흐르는 두 눈을 감고 생각하는 시간을 갖게 한다.

시간이 흐른 후,

"다 생각했어? 손을 왜 들고 있는 것 같아? 뭐를 잘못했을까?"

이렇게 스스로 생각할 시간을 주고 친절하게 사건을 요약 정리까지 해 주면서 말할 수 있는 기회를 준다. 그래도 여전히 자기가 하고 싶은 것을 요구하고 시끄럽게 운다.

이런 과정이 무한 반복되면 내 안의 또 다른 나, 악마가 스멀스멀 나타난다. 사랑의 매라 불리지만 이 세상에 사랑의 매는 없다. 정말 비겁한 방법이다. 이 아이는 자신보다 크고 힘이 센 사람에게 일방적으로 당하는 거다.

처음부터 매를 드는 건 아니다. 그러나 이 또한 폭력은 폭력이고 잘못된 거다. 이렇게 하면 포기 단계가 된다.

"잘못했어요."

"뭘 잘못했는데? 눈 보고 또박또박 말해!"

"음… ~ 때문에 잘못했고, ~ 때문에 잘못했어요. 앞으로는 안 그럴게요."

이 말을 듣고 나서야 난 아이에게 과격했던 내 모습을 발견한다.

이 세상에 나 같은 엄마도 있을까? 그냥 한 번 더 참고, 이해해 주고, 더 상냥하게 말할 수 있었던 것 아닌가? 역시 난 엄마로서 자격이 모자라는 인간이야. 인간도 아니지. 나는 안 맞아. 내가 이런 폭력성이 있고 쌴티 나는 사람이었다는 것을 자각하면서 더 깊은 자괴감으로 마음을 후벼 판다.

내 감정도 다 추스르지 못한 채 흐느끼는 아이에게 양팔을 벌리며 오라고 한다. 한참을 안아 주고 '앞으로는 이러지 말자. 나도 너무 마음이 아프다. 소리 지르고 싶지 않고 때리고 싶지 않다.' 이러면서 눈물의 신파극으로 마무리를 짓는다.

그리고 이 아이는 언제 그랬냐는 듯이 누나와 떠들고 사이좋게 논다.

갑자기 너무 얄밉다. 내 마음은 이렇게 너덜너덜해지고 쓰라린데, 저 아이들은 너무나 해맑다. 부럽기도 하면서 뒤통수 맞은 것 같은 이 느낌은 뭘까?

뭐지? 난 아직 마음이 이렇게 거지 같은데…….

내 마음도 아직 추스르지 못했는데, 그러면서 제일 싫어하는 빨간 장갑을 나는 끼고 있다. 하다 만 설거지통에 있는 그릇들은 나에게는 감정놀이가 사치라는 것을 인지하게 한다. 이제 그만하고 어서 빨리 와서 너의 본분을 지키라고 명령하는 듯하다.

언제쯤이면 이런 일들이 그리워질까? 언제쯤이면 '그래도 그때가 좋았었지' 하고 미소 지을 수 있을까? 아이들이 커 가는 만큼 내 흰 머리카락들도 늘어나겠지? 아직은 입을 만한 미니스커트와 핫팬츠가 그때는 전쟁터의 전리품처럼 느껴지겠지?

언젠가는 끝나는 터널. 나는 지금 이 터널을 지나가고 있고 반드시 터널의 끝이 있다는 것도 안다. 터널 끝에는 밝은 햇살과 신선한 공기, 예쁜 구름 그리고 새의 지저귐도 들을 수 있고, 운이 좋다면 나무를 타고 올라가는 다람쥐도 볼 수 있다는 것도 안다.

그러나 그 터널 끝에 얼마 지나지 않아 다른 터널이 서 있다는 것 또한 안다. 그러나 아직 거기까지는 미리 생각하고 싶지 않다. 나는 지금도 허덕이고 있으며, 정신 못 차리고 있으니까. 새로운 터널을 생각할 정도로 나는 마음이 넓지 않으니까.

그래도 처음 터널을 지날 때와 지금을 돌이켜보면 그래도 숨은 쉴 만하다.
그리고 이 깜깜한 터널에서도 볼 수 있는 것들이 있을 것 같다. 어둡지만 더듬더듬 손을 짚어 가며 걸어가면 분명히 뭔가가 있을 것 같다.

이 또한 My Way, One Way….

자연 분만 프레임

임신 테스트기는 항상 1줄이었는데, 2줄이 나오는 경이로운 순간….
예전에는 2줄이 아닌 1줄이 나오기를 바랐었는데, 이제는 그 두 줄을
간절히 기다렸고, 너무 벅차서 눈물이 나온다…. 그리고 확실하게 이
소리를 듣고 싶다. 드라마에서처럼….

"임신입니다. 축하합니다."

그리고 심장 소리가 들린다. 쿵덕! 쿵덕! 생각보다 이 작은 심장에서
나는 소리는 크고 정확하다. 생명의 신비로움은 말 그대로 신비롭다.
그리고 위험할 수도 있다.

나는 정말 배만 볼록 나왔다. 내 뒷모습만 보고 "저기~ 아가씨."라는
소리까지 들었으니…. 출산하는 그날까지 임산부 요가 수업도 꾸준히

했다. 옷에 구멍이 나면 그냥 버리는 나였는데, 퀼트로 세계 지도를 완성했다. 그릇에 단 1도 관심 없는 내가 도자기 그릇을 만들었다. 그 덕분에 울퉁불퉁한 그릇이지만 지금까지 식탁에서 볼 수 있다.

여러 가지 분만법을 고르고 골라서 라마즈 분만법을 선택했다. 아이가 태어나자마자 탯줄을 바로 자르지 않고 엄마의 심장 소리를 들려주며 양수 온도와 같은 따뜻한 물에 아기를 동동동 담가 놓는다.

클래식 음악이 흐르며 눈부신 밝은 수술실 조명이 아닌 뱃속의 조명과 맞추어 생명을 맞이한다. 최대한 아기가 세상의 낯선 환경에 놀라지 않게 하기 위해서이다.

이제 모든 준비가 되었다.

"축하합니다. 예쁜 공주님이 나왔습니다."

드디어 팔팔이가 내 가슴에 올라와 내 심장 소리를 듣는다. 따뜻한 물에 몸을 담그고 클래식 음악을 들으면서 내 손가락 하나를 한 손으로 잡는다. 생각보다 잡는 힘이 세서 놀랐다. 신기하다. 울다가 따뜻한 물에 아기 몸을 담그니 그새 울음을 멈춘다. 정말 출산의 아픔이 거짓말처럼 눈 녹듯 사라지는 듯했다.

그런데 갑자기 너무 아프다. 뭔가 피가 거꾸로 쏠리는 듯한…. 아프다고 해도 간호사는 원래 첫 출산을 하고 나면 아픈 거라며 그냥 대충 보고 간다…. 못 참겠다…. 3번 콜만에 처치실로 들어간다….

여전히 처치가 끝나지 않는다.

나… 나가야 되는데….

결국 새벽녘 구급차에 실려 가서 다시 대학병원 응급실…. 아기 낳는 것도 아팠는데, 그 이상으로 다른 극한 아픔이다. 제발 마취제라도… 아니면 수면제라도…. 응급의 응급…. 출혈과 봉합…. 봉합과 출혈….

내 허벅지를 누르며 껌벅껌벅 조는 인턴 의사 새끼가 정말 짜증 난다. 너는 지금 이 상황에 잠이 오니? 네가 그러고도 의사가 될 수 있겠냐? 그것도 다리 벌려 누워 있는 산모 허벅지에 너의 체중을 실으며 잠을 자야겠니, 이 새끼야?

이 얘기를 그 수술 방에서 했어야 했는데, 몇 년이 흐른 후 이렇게 글로만 쓰고 있다. 부디 정신 차리고 훌륭한 의사가 되어 있기를 바란다.

차가운 수술실의 공포와 살아야겠다는 의지보다 내 허벅지에 육중한 몸무게를 실은 그 남자의 무거운 팔뚝이 더 야속하다. 난 죽느냐 사느냐의 갈림길에 있는데, 너는 자는 게 중요한 거구나.

아~ 이러다가 나 죽을 수도 있겠구나….

출혈이 안 멈춘다.

벌써 수혈 8팩…. 뱀파이어도 아닌데, 알지도 못하는 남의 피를 많이 빨아 먹었다.

아기 얼굴도 잘 못 봤는데…. 내 손 한번 잡고 젖 한번 물려 본 게 다인데…. 나 병실 VIP실 예약했는데…. 완모 해야 되는데…. 나 이러다 죽을 수도 있는 거구나….

3번 만에 출혈이 잡혔다.

그리고 나는 살았다.

일주일 동안 아이와 생이별을 하고 나는 대학병원, 아기는 혼자 출산한 병원의 신생아실로 향했다. 절뚝절뚝거리며 이미 예약한 산후조리원으로 걸어간다. 드디어…. 지금 생각해 보면 참 무식하고 바보 같았다.

자연 분만이 뭐라고, 완전 모유 수유가 뭐라고…. 그건 그냥 출산의 여러 가지 방법 중 하나일 뿐인데, 뭐가 그게 그렇게 중요하고 정답이라고 그렇게 안 하면 안 되는 것처럼…. 방석 위에도 제대로 잘 못 앉으면서 무슨 모유 수유….

언론의 프레임이든 트렌드의 프레임이든 그 프레임이 모든 산모들을 짓누른다. 그 몸 상태로 난 내 유두를 짓누르며 모유 수유를 시작한다. 모성애가 뭔지도 아직 잘 알지도 못하면서….

"자연 분만 하실 거죠? 모유 수유 하실 거죠? 완모 하실 거죠?"

모든 산모들에게 자연 분만이 제일 좋다고 얘기하는 이 사회 속에서 산모인 내가 가장 중요하다는 것을 나는 죽음의 문턱까지 와서 알게 되었다.

지금 생각해 보면 그 병원은 명백한 소송감이다. 분만 후 통증으로 아프다고 호소했는데 의사는 오지 않고, 괜찮다고만 얘기하고 가는 간호사들. 골든 타이밍을 놓치고 나서야 대학병원 응급실에 떠넘기고 병원비, 산후조리원비까지 다 받아 갔다.

뻔뻔하다. 의사는 고개 숙여 병실에 찾아와 사과를 했고, 나는 죽다가 살아나서 제정신이 아닌 채 모유 수유 하기 바빴으니 이런 큰일이 그냥 묻혀졌다.

그때는 너무 순진했고, 너무 바보 같았다.

다시 그때로 돌아가기는 싫지만 돌아간다면 절대 그냥 넘어가지 않으리.

내가 그때 죽었다면 귀신이 되어서라도 가만히 있지 않았으리.

자연 분만이든 제왕절개 분만이든 다시는 겪고 싶지 않았으나, 나는 다시 자연 분만으로 둘째를 낳았다.

생사를 오고 갔었는데 미치지 않고서야 이럴 수가 있었을까? 새 생명 앞에 나도 모르게 미친 용기를 냈었던 것이다. 나의 생명과 맞바꿀 만큼 그 이상의 가치가 있다.

하지만 세 번은 아니다. 이대로 나는 **충분하다.**

꽉 잡아! Squeeze~!

누구에게나 찾아오는 고난. 그리고 광야. 나는 광야에서 떠도는 어린 양. 이제 어리지도 않지. 닭띠니까 중닭 정도로 하자. 때로는 광야에서 만나를 만나기도 하지만 어김없이 또 찾아오는 고난.

내가 맞닿은 고난은 건강이다. 남을 그다지 신경 쓰거나 부러워하는 성격이 아님에도 불구하고 가끔 누군가가 부러울 때가 있다. 아니, 너무 절실히. 이 세상에서 가장 부러운 사람은 튼튼한 괄약근의 소유자이다.

부. 럽. 다.

고난은 내가 선택할 수도, 예측할 수 없잖아.

첫째 아이 출산 후 알 수 없는 출혈이 있었다. 생사를 오갔던 고난.
둘째 아이 출산 후 몸이 더 이상 내 몸이 아닌 거지. 난 아이를 낳으면 안 되는 몸이었을지도. 남들 다 낳으니까 나도 낳는다는 생각은 엄청난 착각일 수도.

그것도 두 명을. Crazy~

몇 명씩을 낳고도 건강한 여인네들이 참으로 위대하다. 존경스럽다.

그래도 나는 죽지 않았다. 멀쩡히 사회생활을 하고, 엄마의 도움을 받고는 있지만 육아도 병행하고 있는 나는야 위풍당당 워킹맘! 위풍당당이라기보다 가까스로가 맞는 것일 수도. 나는 오늘도 헥헥거린다.

생각지도 못한 출산의 고난으로 병원에서 케겔 운동을 마치고 진료 대기 중이다. 환자들 틈 속에서 스마트폰으로 글을 끄적끄적~ 이 많은 사람들은 똥구멍 어디가 아파서 왔을까? 응가는 언제나 시원한 원샷이었던 나였는데…. 나는 괄약근의 튼실한 기능을 잃고 두 아이를 얻었다.

이 또한 일석이조인 건가.

가끔은 원망과 자괴감으로 인해 죽고 싶은 생각이 든다. 이 나이에 벌써 할머니가 되어 버린 것만 같아서 미칠 것 같다.

'네 잘못이 아니잖아. 어쩔 수 없었잖아. 고난 중의 하나일 뿐이야. 그래도 너 죽지 않았잖아. 살려 주신 거야. 고난 끝에 어떤 게 기다리고 있을지 기대해 봐.'

내가 나에게 말해 본다. 어쩌면 성령님이실지도…. 그럼 좋겠다.

마지막 방법. 운동을 해 보려 한다. 해 볼 때까지는 해 봐야 되는 거잖아. 조금씩 하고 있다. 해야만 한다. 망가진 내 소중한 몸.

미안해, 너를 너무 방치해서. 만신창이가 되고 건강을 잃고 나서야 그 소중함을 아는 무지한 인간.

다시 쓴 글을 수정하고 있는 지금은 많이 좋아졌다. 요즘은 살 만한지라 나약한 이 인간은 케겔 운동을 하고 있지는 않지만 지금의 나를 반성하면서 오늘부터 다시 해야겠다는 굳은 다짐을 해 보려 한다.

이제 우리 서로 두 손 꼭 모아 힘을 모아 보자~

Squeeze~!

그런 날

그냥 그런 거 있잖아.
말하지 않아도 알 수 있는 거.

그냥 그런 날 있잖아.
하늘만 봐도 눈물이 왈칵
쏟아져 내릴 것 같은.

그냥 그런 날 있잖아.
걷다가 길가에 핀
이름 모를 꽃을 어루만지는.
생각보다 너무 부드러워서
안도감이 들다가도
만지다 찔릴 것 같아서
한 발짝 물러나는 더 조심스러워지는.

그냥 그런 마음 있잖아.
뜨거운 고구마를 품에 안은 듯한
가슴 따뜻해짐을.

갑자기 배고파서 보낸 카톡.

"배고프다."
"배고파?"

갑자기 찾아오는 스타벅스 드라이브스루~
오다 주웠다!
이런 느낌 있는 날 있잖아.

집으로 돌아오는 길

점점 배불러서 따뜻해지는 어느 날.

그런 날 있잖아~

Thank you, Bob

또 찾았다!

부부 싸움의 끝은 과연 있기는 할까? 세월이 흐르면 점점 상대방에게 익숙해지고 맞춰 간다고는 하지만… 이따금씩 혹은 자주 으르렁~ 화가 나면 내 안에 있는 악마를 적나라하게 대면한다. 그 악마는 정말 강력해서 한번 내 마음을 잡으면 좀처럼 놓아주지 않으려 한다.

나는 그냥 나간다. 정처 없이. 밤이고 낮이고 비가 내리든지 눈이 오든지… 알 게 뭐야! 그냥 나간다.

그래도 요즘에는 나갈 때 휴대폰과 카드 한 장은 챙기고 가는 노하우가 생겼다. 그래도 살겠다고 씩씩거리면서 가방을 뒤적뒤적거리며 챙겨 가는 꼴이라니…. 갑자기 나 자신이 초라해진다.

그냥 걷는다. 그냥 또 걷는다.

생각을 비우려고 걷는다.

그런데 걸을수록 생각이 든다.

왜 나한테 그렇게 얘기하는 거지? 내가 화나면 일단 가만히 있어야지, 아직도 나를 몰라? 그렇게 설명했는데도 아직도 나를 모르는 거야? 무시하는 거야? 멍청한 거야? 내가 아픈데도 이렇게 스트레스를 줘? 그것도 남편이라는 사람이 어떻게 이럴 수 있지? 남편 맞아? 예전에는 내가 지랄을 하든 뭘 하든 다 받아 주던 사람이 이제는 같이 맞받아쳐? 그래, 이제 아기 두 명 낳았으니 불안하지 않다 이거지? 결혼하기 위해서 나에게 바친 그 많은 열정과 에너지는 이제 없어지고 이제는 변했다 이거지?

……

이런 생각, 저런 생각으로 분노의 콧김을 내뿜고 있는 순간… 발자국 소리가 들린다. 분명 아무도 없었는데… 무슨 소리지? 누가 내 뒤에 있나? 얼마 전 집에 우편물로 날아온 성범죄자인가? 사이코패스인가?

갑자기 등줄기에 식은땀이 흐르고 머리가 삐죽 선다.

내가 너무 무모했나…. 인적이 없는 이 야밤에 여자 혼자 슬리퍼를 신고 돌아다니고 있다니….

후회해도 늦었다. 이제부터는 생존 본능이다. 이상한 사람이면 소리부터 있는 힘껏 질러야 할까? 아니면 상냥하고 최대한 친절하게 해서 상대의 마음을 설득시켜야 될까? 그것도 안 된다면 순순히 응해 주는 것처럼 연기를 해서 박차고 뛰어야 할까?

아니면 있는 힘껏 눈을 찌를까? 순간 눈이 안 보이면 도망칠 시간을 벌 수 있으니까 이 방법도 괜찮을 것 같다. 아니면 남자의 급소를 발로 최대한 강한 힘으로 차 버릴까? 그런데 그러다 내 발을 손으로 잡으면 어떡하지….

모르겠다.
하나님께 기도를 드리자.
"주여, 용서하소서. 무사히 집으로 돌아가게 도와주세요. 예수님 이름으로 기도드렸습니다, 아멘."
마음이 한결 가벼워진다.

그 순간 숨 가쁜 남성의 소리가 선명하게 들린다.
'아~ 올 것이 왔구나…. 정말 내 뒤에 남자가 있구나.'
그 남자는 내게 이렇게 말한다.

"휴~ 또 찾았다."

뭐지? 이 익숙한 음성은?

"싸우면 어디를 그렇게 꽁꽁 숨어. 전화도 안 받고. 몇 바퀴를 돌았는지 알아? 한 번만 더 돌고 못 찾으면 경찰서에 가서 실종 신고 하려고 했어."

그 남성은 좀 전까지 미친 듯이 나와 싸웠던 내 남편이었다.

"뭐야, 나한테 뭐라고 할 때는 언제고 찾기는 왜 찾아. 내가 어디를 가든지 무슨 상관이야. 울긴 왜 울어? 가식적이야!"

그제야 후들거렸던 다리에 힘이 풀려 주저앉을 뻔했지만, 나의 개뿔 같은 자존심으로 더 힘주어 얘기한다.

"다음번에는 여기로 안 와야지. 그래야 못 찾을 거 아냐?"

그는 눈물을 글썽이더니 내 손을 잡는다.

"이제는 그만 숨어. 미안해. 너 찾은 것만으로도 정말 감사하다. 정말 너 어떻게 된 줄 알았단 말이야. 요즘 세상이 어떤 세상인데 겁도 없이 이렇게 돌아다니냐. 아니야. 뭐라고 안 할게. 네가 이렇게 내 앞에 있는 것만으로도 감사해. 미안해. 내가 더 잘할게."

분명 같은 길인데 집에 돌아가는 길은 사뭇 다르다.
"미안해, 나도. 그런데 다음에 또 싸우면 나 여기에 진짜 안 온다!"
내 말을 듣고 그는 잠시 걸음을 멈춘다.
내 눈을 바라보며 말한다.
"휴~ 이번에도 또 찾았다!"
미소를 짓는 그가 순간 귀엽다. 미친! 미쳤다.

그래도 나를 가장 잘 알고 이해해 주는 사람은 내 남편뿐이라는 사실을 증명할 수 있어서 오늘 하루는 고단했지만 값지다. 두 손 잡고 돌아오는 길에 보이는 밤하늘의 별이 유난히 반짝거린다.

On the Starry Night.

시작되는 아침을 위하여…

이상하게 아이들 하원 시간이 다가오면 더 자고 싶고, 더 쉬고 싶다. 졸리지도 피곤하지도 않았는데 말이지. 하원 후 두 악동들이 닭발 같은 손으로 내 컴퓨터 자판 키보드를 미친 듯이 누르고 있다.

내려놓자. 내려놓자. 글쓰기는 내일 이어서….

아침에 아이들을 등원시키기까지는 전쟁이다.

최대한 아이들을 기분 좋게 깨워서 쉬를 시키고 거기다 바로 이어서 세수까지 성공하는 것이 일단 1차전. 그리고 밥을 먹이면서 옷을 입히는 고도의 동시다발적 전략, 2차전.

잘나가다가 갑자기 양말을 안 신는다고 한다든지, 밥은 다 먹여야 하는데 입안에만 밥이 머물고 있다면 아드레날린이 정말 내 몸의 모든 땀구멍을 열리게 만든다.

이제 차 시간이 다가온다. 매번 미리 준비한다고 해도 가방과 낮잠 이불 가방을 둘러메고, 아이들 입에는 비타민 하나를 물리면서 손잡고 오늘도 뛴다. 그리고 선팅이 짙어서 누가 우리 애인지 모른 채 스쿨버스가 떠날 때까지 손을 흔든다. 그렇게 해야 아까 소리 지른 미안함이, 죄책감이 밀려오지 않을 것 같아서….

그렇게 보내고 '이제는 자유다!'라는 안도감과 이상한 감정이 뒤죽박죽 섞인 채 하루가 또 시작된다.

일을 하든지, 청소를 하든지, 운동을 하든지, 책을 읽든지, 친구를 만나든지, 워킹맘이든지, 육아맘이든지 다를 건 없다. 등·하원 시간에 친정엄마든 누구의 도움을 받든지 안 받든지 신데렐라가 집으로 돌아갈 시간, 12시처럼 언제나 내 자리에 돌아와야 하니까.

직장에 있어도 하원은 잘했는지 신경이 곤두선다. 그리고 퇴근 후에는 아이들에게 일하러 가는 제2의 무보수 연장 근무가 시작된다.

어떤 이들은 아이들이 얼마나 귀엽고 내 새끼인데 뭘 그렇게 유난 떠냐며 나를 비난할지도 모른다. 할 말 없다. 난 그렇다. 귀여운 것은 귀여운 거고, 예쁜 건 예쁜 거다. 힘든 건 힘든 거고, 피곤한 건 피곤한 거다.

고단하고, 피곤하고, 나도 쉬고 싶다. 저녁은 그냥 배달 음식으로 대충 때우고, 생각 없이 예능 프로그램을 보면서 누워서 발을 까딱까딱하고 싶을 뿐이다.

몸이 예전 같지 않다. 한 인간이 다른 인간을 만드는 일은 생각보다 많은 에너지와 내 살점과 피와 영혼이 닳아 가는 자연의 섭리 같다. 우리 엄마, 아빠가 그래 왔듯이….

이렇게 인간들은 어쩌면 자기희생인 줄 알면서도 해가 뜨고 지는 것처럼 무한 반복으로 이 작업을 재생한다.

하나님이 인간에게 주신 가장 아름다운 축복이면서도 가장 어려운 숙제를 남겨 주신 것일 수도….
가장 **큰 형벌**일 수도….

Born Again, 다른 나

몇 주 전과 난 정말 다른 사람이 되어 버렸다. 하늘과 공기, 세상 밖에 있는 것들은 하나도 달라진 게 없는데, 내 안에 있는 모든 것들은 달라져 버렸다.

감사하다. 아침에 눈을 떴을 때 보이는 것에 감사하고, 내 옆에 뒹굴 뒹굴 굴러다니며 자는 아이들이 곁에 있어서 참으로 다행이다.

수업 후 쉬는 시간에 화장실에서 코를 푸는데, 감각이 이상하다. 뭔가 얼얼한 느낌…. 퇴근 후에 세수를 하는데, 여전히 얼얼하다. 요즘 갑자기 추워져서 그런가 보다 했지만, 그랬으면 했는데… 아니었다.

아침에 병동 커튼을 치고 모든 환자들이 의사 말 한마디에 귀 기울이는 경청의 회진 시간에 나에게 건네는 첫 마디는 "뇌가 죽어 가는 병입니다. 여러 군데에서 나타나고 있고, 상급병원으로 지금 당장 가십시오."라는 말도 안 되는 시트콤 같은 말이었다.

정신 차리고 보니 이 의사가 참으로 야속하다. 이런 일은 따로 면담해서 얘기를 해 줘야 하는 거 아닌가. 사람들 앞에서 그렇게 얘기했어야 했는가. 나 혼자 있었는데….

의사는 의술만 부리는 직업이 아니어야 한다는 생각이 절실히 들었다. 인간적인 것까지는 바라지도 않지만 최소한 환자의 심리 상태 정도는 생각해야 한다.

하지만 다시 생각해 보면 그 의사가 고맙기도 하다. 검사를 해 보자고 얘기한 첫 번째 사람이니까. 생명의 은인이기도 하다. 이처럼 사람은 마음먹기에 그 사람이 적이 될 수도, 은인이 될 수도 있는 간사하고, 한없이 얄팍한 존재인가 보다.

정말 나한테 이런 일이 일어날 수도 있구나. '이건 꿈이야…. 이건 그냥 영화나 드라마에서 나오는 사연 중에 하나일 뿐이야.'라고 생각해도 MRI 차트에 너무 선명하게 내 이름이 있다.

나 정말 아직 36살밖에 안 됐는데…. 나 정말 지금까지 열심히 살아왔는데…. 한 번도 쉰 적 없이 달려왔는데…. 나 아직 4살, 6살 된 토깽이들이 있어서 키워야 하는데….

아닐 거야…. 아닐 거야….

병원에서 검사의 반복과 기다림, 초조함….

결과를 기다리며 지금 이렇게 집에서 글을 쓰고 있다.

이사 와서 일을 시작하기 전에 글을 몇 장 적고 나서 나의 글쓰기는 멈췄다. 그 이후로 몇 달 만에 달라진 지금 나의 상황과 내가 맞닥뜨리고 있다. 여기는 어디지? 너무 혼란스럽다.

병실에서 누워 있는데 머리를 들어 보니 병상 침대 위로 내 이름과 나이가 거꾸로 보인다. 36이 거꾸로 보이면 얼핏 93. 내 나이를 반대로 새면 63. 지금은 150세 시대라고 하는데…. 난 아직 멀었는데….

어쩌면 93세도 아니고 63세까지 사는 것도 쉽지 않은 힘들 일일 수도 있겠다는 생각이 든다. 아니, 현실적이다. 난 언제든 눈이 안 보일 수도 있고, 내 팔다리에 마비가 올 수도 있고, 신경이 어떻게 진행되는지 모르는 거니까.

두렵다. 지금 내 손가락을 움직이며 자판을 두드리는 이 모습도 너무 소중하고 아쉽다. 불안하다. 하지만 불안해하지 않을 거다. 내 안에서 그분의 뜻을 조금씩 알아 가고 있어서 더 이상 두려워하지 않을 거다.

입원하는 동안 새벽에 반복적인 검사를 하고 팔에 바늘을 꽂는다. 덜컹덜컹거리는 카트 소리, 잠을 잘 수가 없다. 오늘도 무릎 꿇고 기도하고 눈물을 흘린다.

그러다가 지하 병동에 있는 기도실을 찾아가서 그분을 만나게 되었다. 그냥 첫마디가 "잘못했어요…"였다.

"하나님, 잘못했어요. 살려 주세요…. 제발 살려 주세요. 제가 하나님을 필요할 때만 찾았어요. 당신이 싫어하는 길만 내 식대로 골라서 살았어요. 그리고 원망했어요. 결혼을 후회했어요. 그래서 남편을 원망하고 살았어요. 그 사람 때문에 내가 하고 싶은 것들을 못 하고 사니까 너무 미웠어요."

결혼만 하지 않았으면 난 내가 하던 방송 PD로서 잘나가고 있었을 거고, 연애도 하면서 즐겼을 거고, 여행도 다니고, 좀 더 자유로운 삶을 살아왔을 텐데….

헤어졌던 사람과 다시 만난, 그 끈질긴 인연인지 악연인지 모를 그 끈으로 내 인생이 너무 묶여 있고, 망가졌다고 생각했다. 그래서 두 아이도 예쁘기는 하지만 구속이고, 보기만 해도 숨이 막히는 듯한 답답함과 어깨가 무겁기만 한 책임감이 나는 싫었다.

결혼 전후 확연히 달라진 시어머니도 아주 큰 한몫을 제대로 했다. 나를 보기만 해도 저렇게 잡아먹으려고 하나. 내가 닭이냐? 오리냐? 뭐가 그렇게 못마땅한가. 차가운 말 한마디가 너무 듣기 싫었고, 그 말 한마디, 한마디가 칼이 되어 나를 찌르고 있었다.

내 상황을 친구들한테 알리기 싫다.
알리지 않았다.
'얘들아, 나 아파. 보고 싶다….'
이렇게 말하고 싶었다.
그런데 그냥 '보고 싶다'라고만 메시지를 보내려다가 다시 지운다.
비련의 주인공이 되어서 주변 사람들을 걱정하게 하고 싶지도 않고, 나를 보고 '나는 지금 행복한 거구나'라고 느끼게 해 주고 싶지도 않았다.

나를 보면서 "너는 그래도 안 아프잖아. 아무 일도 없잖아…."라고 웃으면서 말할 용기가 나지 않으니까….

나는 **겁쟁이**니까.

응가를 닦이며

아이가 응가를 싸면 물티슈보다는 물로 닦인다.

오늘도 어김없이 내 무릎을 쪼그리고 화장실 바닥에 앉아서 아이의 똥꼬를 만진다. 귀엽기는 하지만 그 똥꼬에서 오늘 먹은 음식물을 확인하고 싶지는 않으며, 응가 클레이 놀이도 하기 싫다.

다 닦이고 손을 여러 번 비누로 씻어도 그 향기는 여운을 남기기 마련이다.

"팔팔아, 엄마가 너를 사랑해서 이렇게 닦아 주는 거다. 엄마도 네 똥 냄새 맡으면 토 나올 것 같아. 근데 사랑하니까 닦아 주는 거야. 엄마가 말이야, 나중에 나이를 많이 먹어서 할머니가 되면 너처럼 응가를 실수할 때 너도 엄마처럼 닦아 줄 거야?"

나의 예상 답은 이러했다.

"당연하지, 엄마! 엄마, 사랑해요~"

그러나 아이는 이렇게 말한다.
"아니! 똥 냄새 나고 더럽잖아. 싫어!"

단호하다.

다행이다. 일찍 깨달을 수 있어서…. 지나친 기대는 실망과 집착으로 가는 지름길….
나는 오늘부터 내 탄탄한 노후를 생각하기로 했다.

고맙다, **팔팔**아!

내가 싼 똥 내가 치운다

내가 싼 똥은 내 아이들이다.

그것도 한 덩어리가 아니라 두 덩어리….

결혼하면 당연히 아이를 낳아야 된다고 생각했고, 이유 없는 난임이나 불임 문제 없이 여자아이를 낳았다. 그리고 또 한 덩어리를 쌌는데, 남자아이였다.

내 똥들은 생각보다 예뻤다.

그리고 내 똥들은 사랑스럽기까지 했다.

같은 뱃속에서 나왔는데 서로 다른 성별과 다른 생김새와 다른 성격이 신기하기도 했고, 내가 인류 역사상 그래도 뭔가 생산을 한 것 같아서 뿌듯하기까지 했다.

없던 인간을 내 몸을 통해 생성을 했으며, 성형 수술을 하지 않고 자연 미인 소리를 듣는 것처럼 자연 분만은 나를 우쭐하게 만들기도 했다.

　똥은 중요하다.

　변비에 걸려 보면 정말 하루 종일 뭘 해도 찝찝하고, 일이 손에 잡히지도 않고, 안절부절못하기만 한다. 그러다 쾌변을 하면 나도 모르게 고요한 탄성이 절로 나오지 않는가….

　시

　원

　하

　다!

　똥은 내가 죽는 그날까지 중요하다.

　나랑 평생 함께할 친구들이니까….

　내가 싼 두 똥들은 누가 치우나.

　냄새가 나도 내가 치워야지!

　이 세상에 쓰임 받는 윤기 좔좔 흐르는 거름으로 키우리라!

　내 소중한 **똥덩어리**들이니까!

아프니까 청춘이 아니다

어느 날 거울에 비친 내 모습에 흰머리가 희끗희끗 보인다. 얘네들은 그것도 잘 보이는 곳에만 집중적으로 모여 산다. 어린이집에 아이를 데려다주고 엘리베이터 안에서 하는 일은 거울 보고 흰머리 뽑기다. 이거 은근히 스릴 난다. 문이 열릴 때까지 하나만 더 뽑자. 그것도 뿌리까지! 뽑은 머리카락을 손등에 올려서 뒤집어도 떨어지지 않으면 왠지 그날 하루 기분이 좋다.

변태인가?

내 흰 머리카락이 하나씩 늘어 갈 때마다 나의 아이들은 무럭무럭 커 간다. 나의 기를 쪽쪽 빨아먹어야 더 성장할 수 있는 흡혈귀처럼. 이 또한 자연의 섭리인가. 흰머리가 생길수록 점점 몸이 하나씩 망가지고 아프다.

아프니까 청춘이다?

아니! 아프니까 청춘이 아니다.

아이~ 참

돌이켜 보건대 나는 남자한테 매달려 본 적이 없다. 다시 기억을 더 듬어 보니 간헐적으로 상황에 따라 있는 것 같아서 거의를 붙여야겠다.

돌이켜 보건대 나는 남자한테 거의 매달려 본 적이 없다. 연애를 하든지 결혼을 하든지 두 남녀가 만난다. 그 두 남녀는 50:50으로 평등할 수가 없다. 그 어느 쪽으로든지 더 아쉬운 사람이 있고, 더 눈치 보는 사람이 있으며, 더 좋아하는 사람이 있기 마련이다.

굳이 따지자면 그런 사람은 사랑에 있어서 약자 쪽이다. 감정의 밸런스가 서로 딱 맞으면 금상첨화이겠지만 아쉽게도 그렇게 되기는 힘들다.

나는 요즘 한 남자에게 매달리고 있다. 내가 이런 모습이 있구나…. 나도 그럴 수 있구나….

사랑은 상대적이다.

그가 너무 사랑스럽다.

자기 전에 나의 뺨과 턱을 쓰다듬으면서 이렇게 얘기한다.

"꽃보다 예뻐."

이렇게 말하는데 어찌 사랑하지 않을 수가 있으리.

그러나 그는 변했다.

역시 세상은 변하지 않는 것은 아무것도 없다는 진리를 다시 느끼며 또 한 번 씁쓸하다. 언제는 나보고 꽃보다 더 예쁘다면서…. 사랑한다면서….

이제는 내가 그의 뺨과 턱을 어루만지며 말한다.

"사랑해. 내가 좋아하는 말 한번 해 주고 자~ 응? 응?"

아무 말이 없다.

그가 한 팔을 이마에 얹으면서 깊은 한숨까지 내뱉는다.

벌써 잠들었나?

나는 다시 한번 그의 팔에 파고들어서 매달려 본다.

"사랑한다고~ 아주 많이! 그러니까 한 번만 얘기해 주고 자면 안 될까?"

그가 나지막이 들릴 듯 말 듯 뭔가를 말한다.

나는 혹시나 그 소리를 놓칠까 더 옆으로 바짝 붙어서 귀 기울여 들어 본다.

"아이~참."

내가 잘못 들은 것이 분명하다.
그가 나한테 이렇게 얘기할 리가 없다. 다시 확인하고 싶다.

"뭐라고? 못 들었어. 다시 얘기해 줘."

잠시 침묵이 흐르더니….

"아이~ 참, 그냥 자!"

띠로리~

다시 재차 확인해서 들었던 결론은 내가 처음에 들었던 말이… 인정하고 싶지는 않은 그 말이 더욱 선명해졌을 뿐이다.

아~ 역시 영원한 것은 아무것도 없구나. 잠시 내가 그 진리를 망각한 것을 깨달으면서 그의 팔에 안겨 있는 내 머리를 스르르 밖으로 빼낸다. 민망하기도 하고 공허하기도 하고, 내가 무슨 짓을 하고 있는 건지….

그는 바로 잠들었다.
나는 원하는 소리도 듣지 못하고 마음만 이상해져서 잠 못 이루고 있는데… 그는 아랑곳하지 않고 먼저 잠든 것이 더 억울하다.

'아이~ 참'은 이럴 때도 쓰일 수 있는 말이구나.
다음에는 내가 똑같이 이 말을 너에게 써 주마!

5살짜리 남자친구한테 받은 상처를 나 스스로 달래며 잠을 청해 본다.
깊은 밤, 긴 밤.

부엉이 별곡

이 세상에 나만 깨어 있는 느낌.

조금은 많이 억울한 느낌….

싸우고도 피곤해서 코 골고 자는, 같이 사는 남자.

듣기 싫은 소리. 발로 코를 비비고 싶다.

아침부터 잠들기 전까지 내 기를 다 빨아먹고 자는 아이들. 자는 모습이 가장 예뻐 보이지만 지금은 아니다. 그들의 숨소리가 갑자기 나를 숨 막히게 한다.

왜 나만 잠 못 드는 걸까?

왜 나는 그들처럼 아무 일 없었다는 듯이 잠들지 못하는 걸까.

왜 나는 그들처럼 뻔뻔하게 될 수 없는 걸까.

가족.

우리가 언제부터 알고 지냈다고 서로 다 안다고 자만하는가. 우리가 언제부터 친했다고 서로 잘하지 않아도 괜찮은 암묵적인 사이가 됐는가.

인간들의 그 이기적인 가족 관계.

같은 핏줄이라고 떠들어 대는 것들이 갑자기 피비린내 난다.

나는 아무렇지 않게 대해도 괜찮지 않으며, 친절하게 대하지 않아도 결코 괜찮지 않은, 그냥 똑같은 인간, 나일 뿐인데….

가족이라는 사람들은 그런 나를 보고 말한다.

이제 내려놓으라고.

정말 비겁하지 아니한가.

세상 사는데 이건 별거 아니다.

나를 위해서 내려놓으라는데 정말 나를 위해서인가.

너를 위해서 내려놓으라는 건가.

가족은 내게 이렇게 말한다.

더 내려놓으라고.

자꾸 내려놓으면 내가 없어지는데… 계속 **내려놓으라고** 한다.

봄날의 어떤 하루

톡, 톡, 톡. 빗소리 좋다.
짹, 짹, 짹. 새소리 좋다.

빗소리, 새소리는 이루 말로 표현할 수 없는 신비한 소리가 너무나 많아 글로 담기에는 그릇이 너무 작다.

나 혼자 이 고요함을 즐겨도 되는 건가.
봄비가 온다고 한다. 초미세 먼지도 있어서 하늘은 맑지 않다. 그럼에도 불구하고 우산 없이 그냥 무작정 운동화 끈을 질끈 매어 본다. 기상 예보가 맞아떨어졌다. 비가 온다.
집으로 돌아와 다시 우산을 들고 산으로 향하는 나의 강한 의지.
내가 놀랍다. 깜짝이야~ 평소에 숨만 쉬잖아, 너~ 어쩌면 비를 맞고 싶었을지도 모른다. 우산을 등산 막대기 삼아 올라가 본다.

이 침묵이 참 좋다.

물소리, 새소리, 나뭇잎 소리.

사람 소리가 아닌 자연에서 나는 이 소리가 난 참 좋다. 결코 시끄럽지 않고, 누군가를 해치는 말도 아니고, 그냥 좋은 소리.

그냥 고맙다. 비포장도로에 핀 들꽃도, 이름 모를 새가 부르는 노래도, 바람 부는 속삭임도, 빗방울 떨어지는 반가움도, 계곡물 조르르 흘러내리는 인사도, 흐르는 물에 목을 적시고 아침 세수를 하는 것도.

깊은 산속 옹달샘 누가 와서 먹나요~

갑자기 한 마리의 사슴이 된 듯하다.

이 물을 먹으면 인간이 산속에 사는 동물로 바뀐다는, 지금 막 지어진 이솝 우화가 있더랬지. 밤에는 고라니로 변해서 울부짖다가 옹달샘물을 마시고 다시 인간으로 변해 인간을 잡아먹고 산다는, 믿거나 말거나 판타지 소설이 있더랬지.

나의 상상은 잠시 그만 접어 두고 가시겠습니다.

나는 해 준 게 하나도 없는데… 산에 오면 얻어만 간다. 괜스레 미안하다. 나는 텁텁한 이산화 탄소만 내뿜고 신선한 산소만 가져간다.

숨을 더 깊이 들이마셔 내뿜어 본다.

후~

비가 더 많이 내리면 좋겠다.

비가 올수록 푸르름은 짙어진다.

집으로 내려갈수록 산은 초록초록, 봄옷으로 갈아입는다.

어느 봄날의 이런 사치.

봄날의 어떤 하루.

부모 자격증

오늘도 뭔가를 끊임없이 했는데, 뭘 했는지 기억도 잘 안 나는 주말.
늦은 밤 불현듯 이런 생각이 스친다.
늦은 밤, 같이 사는 남자에게 말한다.

"난 부모 자격이 없어."
"왜 또?"
"요리도 못하고, 참을성도 모자라고, 부족하고 또 부족해."
"그럼 자식은 자격이 있냐? 부모의 자격 같은 건 없어. 그냥 운명이야."

정말 운명일까?

부모가 되기 전에 부모 자격증이 있었으면 좋겠다. 자격증을 딴 부모
만이 아이를 행복하고 온전하게 키울 수 있도록.

그것이 서로에게 더 좋은 게 아닐까? 노력해도 안 되면 그 자격증 포기라도 할 수 있잖아. 부모 양성 교육 과정을 배울 수 있는 평생 부모 학교가 있으면 참 좋겠다.

묻지도 따지지도 않고 바로 등록 신청 예약!

발표회

12월, 1월에는 어린이집과 유치원에서 발표회를 한다. 몇십 년이 지났는데도 발표회 했던 것이 아직 기억에 남는 것을 보니 너무 재미있었거나 유치원에서 연습을 엄청 시켰나 보다.

개인적으로 발표회를 좋아하지 않는다. 유치원에서 영어 발표회를 해 봐서 발표회 준비 기간 동안 원 안에서 어떻게 이루어지는 잘 안다.

평소에 하는 활동보다 오로지 연습에 연습. 아이들마다 성향이 다르고 집중력도 다르지만, 그때만큼은 다름은 존재하지 않는다.

군대처럼 규칙에 딱딱 맞아야 하고 흐트러지거나 따라오지 못하면 선생님들은 화를 낸다. 화를 낼 일이 아니지만 화를 낼 수밖에 없다. 발표회 날짜가 다가올수록 따라오지 못하는 아이들은 찬밥이다.

특별 활동 선생님들은 발표회가 몇 개밖에 안 돼서 화낼 일이 거의 없지만, 담임 선생님들은 그곳에서는 엄마 같은 존재다. 당연히 화를 낸다. 생각보다 많이⋯. 보기에도 민망할 정도로⋯. 그 아이의 엄마가 이 상황을 본다면 너무 속상할 거다.

선생님한테 혼나면 우는 아이들. 벌 서는 아이들. 주눅 들어 하는 아이들. 공포에 떠는 아이들의 눈을 보았다.

누구를 위한 발표회인가?
그동안 보고 듣고 배운 것들을 보여 주는 아이들의 재롱 잔치?

누구를 위한 건데? 아이들? 유치원? 부모를 위한 건 아닐까? '이런 발표회를 할 수 있을 정도로 그동안 내가 열심히 키웠었구나.' 발표회를 보면서 성장한 아이를 보고 뿌듯해하며 감격하는 부모. 그동안의 내 노력이 헛되지 않았음을 확인받고 싶은 것은 아닐까?

어제 남자 친구의 발표회가 있었다.
넓은 강당에서 똑같은 옷을 입은 사람들 중에 그 남자만 보인다. 생각보다 잘한다. 멋지다. 그런데 안쓰럽다. 다른 엄마들은 아이들보다 더 신나서 박수 치고 환호성을 지르는데, 내 눈에는⋯ 안쓰럽다.
춤을 추고, 의상을 갈아입고, 무대에 올라오고 내려오는 게 벌써 4번째. 오후 리허설부터 했으니까 얼마나 이 시끄러운 음악에 몸을 흔들어 댔을까.

아이들의 재롱 잔치인지, 어른들의 관중 잔치인지. 스피커가 찌지직 거릴 만큼 음악은 내 귀를 아프게 한다. 동요 한 곡에 요즘 핫한 음악, 트로트 음악까지…. 알 수 없는 똑같은 구성. 두 손으로 귀를 막는다.

그동안 배웠던 것들을 좀 더 자연스럽게 보여 주면 안 되는 건가? 꼭 그렇게 나도 알지 못하는 K-pop 음악에 아이들이 엉덩이를 흔들어 대야 하는 건가? 내용도 없고, 2시간 넘게 딱딱한 의자에 혹사당하는 내 엉덩이도 힘들어하고 있다.

발표회가 끝나고 우려했던 대로 사단이 났다. 그동안 얼마나 힘들었으면 그날 밤에 2번이나 침대에 쉬를…. 그것도 10분 간격으로….
의사 선생님이 "급성 방광염이에요. 최근에 피곤하거나 스트레스받은 적 있나요?" 하고 물어본다.

아무 말도 할 수가 없었다.
화가 난다.

소소하지만 자연스럽게 그동안 배웠던 것들을 보여 주는 발표회이기를 바란다. 평상시에 활동하는 모습을 조금씩 보여 주거나 발표회 같은 큰 행사는 안 하면 더 좋겠고. 우리 아이들을 위해서 이런 무리한 보여 주기 발표회는 **사양한다.**

청개구리

내 하루를 망쳐 버렸다. 오늘도 노력했던 하루인데, 오늘도 잠투정하는 내 남자 친구 때문에…. 언제까지 잠자기 전 치카치카하는 것 때문에 다퉈야 하는 거지?

끓고 있는 물이 찰랑찰랑하다가 드디어 뚜껑이 열린다.

"청개구리 얘기 아니?"

"응, 알아."

적절한 비유인지 아닌지 알게 뭐야, 난 이미 터졌는데.

다시 한번 왜 청개구리가 비가 오면 우는지에 대해서 적나라하게 말해 준다. 말하다 보니 아이들에게 이 이야기는 잔혹한 동화 같았다. 그리고 너무 서글프다. 하지만 현실성이 있다.

자식이 말 안 들으면 스트레스받을 거고, 그게 쌓이면 아플 거고, 아프면 죽는 거잖아. 엄마가 죽고 나서 아무리 엄마가 말했던 것들을 지켜도 뒤늦은 후회일 뿐 죽은 엄마는 돌아오지 않는다. 대략 이런 스토리.

이런 스토리를 읽는 게 과연 어린아이들에게 좋은 걸까? 엄마 말을 안 들으면 엄마가 죽는다. 죽어서 나중에 잘해도 아무 소용없다. 이것은 부모의 협박인가? 팩폭인가? 그럼에도 불구하고 이 못난 엄마는 이 무시무시한 이야기를 또박또박 상세히 들려주었다.

청개구리는 무슨 죄인가.
애는 그냥 개굴개굴 소리 내는 것뿐인데, 인간들이 자기 마음대로 소설을 쓴 것이니 참 억울할 만하다.

그래도 **청개구리 효과**가 잘 먹혔으면 좋겠다.

나의 고백_미안하다

미안하다,
너를 더 안아 주지 못해서.

미안하다,
마음이 너무 힘든 날,
너를 던져 버리고 싶어서.

미안하다,
너의 소중한 토끼 인형을
너에게 던져서.

미안하다,
너에게 험한 말을 해서.

미안하다,
밥을 너무 안 먹는 네가 버거워서
먹던 숟가락으로 머리를 때려서.

미안하다,

너에게 밉다고, 저리 가라고 얘기해서.

미안하다,
너에게 벗어나고 싶어 해서.

미안하다,
너를 낳아서 내 모든 것이
무너졌다고 생각해서.

미안하다,
너를 귀찮아해서.

눈물로 참회한다.
무릎 꿇고 반성한다.

이 못나고 모자라는 엄마를 용서해 줄 수 있겠니? 너보다 몇 배나 크고 힘이 센 어른, 그것도 너를 낳았던 엄마로서 나는 너에게 참으로 어른 같지도, 엄마답지도 못했었구나.

네가 모유를 잘 빨지 못했든, 밥을 잘 안 먹었든, 잠을 보챘었든, 계속 울었든, 끊임없이 징징 울었든… 나는 다 받아줬어야 했다.
나는 너의 엄마니까.

너는 아무런 의지 없이 나 때문에 세상에 나왔으니까. 네가 스스로 뭔가 할 수 있을 때까지만이라도 너를 도와야 할 의무와 책임이 있으니까.

너는 아무런 잘못이 없다. 너는 아직 어른이 아닌데, 너를 나와 같은 어른으로 봤었구나.

미안하다, 아가야. 내가 너무 잘못했어. 너의 첫 번째 유치원 졸업식 날. 나는 이날을 평생 잊지 못해. 다른 사람들은 웃는데 난 웃을 수도, 흐르는 눈물을 맘껏 흘릴 수도 없었어. 부모님에게 하고 싶은 말을 담은 반 아이들의 영상 메시지.

"엄마, 아빠, 키워 주서서 감사합니다. 앞으로 아프지 말고 저랑 오래오래 같이 살아요."

졸업식 후 차에 타자마자 물어보고 싶었다.

"엄마한테 왜 이런 말을 하고 싶었어? 엄마가 아파서?"
"아니, 그냥 말한 건데!"

그냥 아무 생각 없는, 의미 없는 말일 수도 있는데… 나는 결코 그럴 수가 없다. 얼마 전부터 귀찮은 몇 가지 질병 친구를 달고 다니니까.
인간은 누구나 언젠가는 아프다. 누가 먼저 반갑지 않은 친구를 만나느냐, 얼마나 진한 친구를 만나느냐의 차이일 뿐.
지금 이 순간을 감사해한다.
낮은 곳을 바라볼 수 있음에 감사하다.

이제 고작 세상을 산 지 7년을 넘어가고 있는 어린아이가 이런 생각을 머릿속에 무의식적으로 지니고 다녔다고 생각하니 마음이 미어진다.

미안하다.
그리고 늦지 않아서 참으로 감사하고 다행이다.
지금부터 더 사랑할게. 내가 너와 함께하는 그날까지, 앞으로 우리 건강하게 **오래오래 살자.**

피곤하게 하는 것들…

귀는 두 개, 입은 하나….
듣고 싶지 않지만 들을 수밖에 없는 시끄러움이 참 싫다.

화장실에 들어가 손을 씻는다. 처음 보는 아주머니의 속마음을 듣고
싶지는 않은데 밖으로 다 표출하는 그 과분함. 화장실 옆 칸에서 들려
오는 누군가의 끊임없는 불쾌한 방귀 소리. 나는 지금 방금 밥을 먹었
다고요. 내가 먼저 앞서갈 생각도 없는데 죽어라 본인이 먼저 가겠다는
그 경적 소리. 난 괜찮아요, 먼저 가세요.

했던 얘기를 몇 번이나 처음 하는 얘기처럼 무한 반복 재생하는 잔소
리. 뭔가를 주고 계속 고마운 마음을 확인받고 싶어 하는 생색과 애정
결핍자의 애절함.

힘들다고, 힘들어 죽겠다고 얘기해서 귀 기울여 들어 주고 해결책을 얘기해 주지만 결국 자기 식대로 결정해 버리는 결정 장애자의 넋두리….

어떤 의미도 없이 조잘조잘대는 아이들의 대화. 정말 들어 보고 있으면 어른들의 대화 같기도 하고, 어느 별나라의 외계어 같기도 하고, 신기하고 시끄럽기도 하다.

지금 이 아이들은 내 옆에서 별나라 말을 한다. 4살짜리 막내 이 아이는 지금 이렇게 말을 하고 있다.
"코를 풀고 싶어. 흥~!"
그리고 휴지 틈 사이로 나온 콧물을 만지작거리며 미소를 짓는다.
"이거 거미줄이다. 끈적끈적~"
미안하지만 지금은 너의 오감 체험에 같이 함께하고 싶지는 않다.

이 소음 속에서 우리는 매일 숨을 쉰다. 어쩌면 이 소음이 공기 같은 존재일지도 모르겠다. 어느 날 세상의 모든 소음을 리모컨으로 음 소거를 해 본다고 생각해 보자.

이상하지 않을까?
너무 적막하고 무서워서 울어 버릴지도 모르겠다.

애들아, 난 듣고 싶지 않다고. 난 음악을 들으면서 글을 쓰고 싶다고…. 이러면서도 이 아이들의 웃음소리, 우는 소리, 싸우는 소리가 나에게는 이제 공기 같은 존재가 되어 버렸다.

그래도 얘들아, 징징대는 소리는 그만~

글쓰기

바빴다.

여전히 바쁘다.

그래서 글을 쓸 수 없었다.

그러면 계속 바쁠 것인가. 그러면 계속 글을 쓰지 않을 것인가.

생활 속에서 느낀 섬세한 감정들을 글로 표현해 보고 싶었으나 나의 게으름으로 많이 놓쳤다.

그래도 가끔은 잊어버리지 않으려고 메모를 해 두었다. 그래도 그때 그 순간의 놓친 내 감정, 생각들이 아깝다. 기억을 하고 싶어도 도무지 떠오르지 않는다. 이 죽일 놈의 기억력.

바쁘고 싶었다,
잡생각을 없애기 위해서.

바쁘고 싶었다,
그게 익숙하니까.

바쁘지 않고 싶다,
글을 쓰고 싶기에.

바쁘지 않고 싶다,
더 **소중한 것**을 놓치고 싶지 않기에.

매일 아침 생방송

매일 아침 뉴스를 진행하는 긴장감이 돈다.

이따금 방송 일을 복귀하고 싶은 마음이 들었었는데, 이 또한 이 감정을 매일 느끼게 해 줘서 그들에게 감사해야 하는 건지….

생방은 짜릿함이 있지만, 광고 시간이 잘리면 안 되니 마지막 앵커의 클로징 시간을 맞추느라 언제나 초긴장 상태…. 경력이 쌓여도 늘 긴장은 놓칠 수 없는 것이 생방송만인 줄 알았다.

그러나 유치원이나 학교를 보내는 아침에는 매일 생방을 찍는다. 생방이 마음대로 안 된 어느 날, 같이 일하는 남자 PD가 콧김을 불며 고라니처럼 울부짖고 스튜디오를 나가 버렸다.

널브러진 밥그릇과 잠옷들을 주섬주섬 걷으면서 내 가운뎃손가락은 바쁘게 그에게 글을 보내고 있다.

열받지. 근데 이 또한 지나가는 거. 그리고 주니 입장에서 보면 그 분홍색 띠는 죽어도 하기 싫을 수도. 친구들이 놀릴까 봐 그럴 수도. 당신이 입기 싫은 라운드 티셔츠 입고 회사 가라고 하면 죽어도 입고 가기 싫은 그런 느낌이 아니었을까? '아빠보다 힘이 약하니까 그 아이의 최대 변론 방법이 생떼가 아닐까'란 생각이 들었어. 누구의 잘못도 없는 일상인데. 그 일상이 모여서 추억이 되고 그 추억이 기억이 되고, 그 기억이 삶의 일부가 혹은 전부가 될 수도 있는데. 나중에 우리를 기억할 때 웃음 지으면 좋겠다는 생각이 들어서….

메시지를 보내고 '누가 누구를 위로하냐, 나나 잘하자'는 생각을 하고 있는데, 휴대폰에 불이 번쩍인다.

고마워. 맘이 안 좋은 상태로 운전하고 왔는데 당신 글이 도움이 되네. 오늘 가면 주니랑 얘기 좀 해 볼게. 아니, 들어 볼게. 사랑하고, 저녁에 또 같이 즐거운 숨바꼭질하자. 바이.

내일은 평화로운 생방이 돼야 할 텐데….

몇 년이 지나고 이런 격한 생방송은 사라지고, 그럭저럭 괜찮은 방송을 말아 **가고 있다.**

너라는 녀석

인간의 힘으로 안 되는 것이 분명히 있다는 것을 느끼게 해 준, 너라는 녀석. 내가 할 수 있는 것은 아무것도 없다. 기다리는 것밖에는…. 그래서 더욱 고개 숙이며 두 손 모아 겸손해지게 만드는, 너라는 녀석.

힘든 일이 있으면 반드시 깨닫게 되는 것, 소중함. 반복되는 일상이 지루해서 가끔은 노을 지는 하늘을 보며 눈물 글썽였던 나. 이제는 그 일상을 되돌려 달라고 조용히 침묵으로 하루를 살아가는 나.

이 녀석이 나는 그렇게 밉지도, 원망스럽지도 않다. 일상을 흔들어 줘서, 일상의 가치를 다시 느끼게 해 줘서 고맙다.

세상에 헛된 것을 쫓는 사람들이 생각보다 주변에 많다는 것을 알게 해 줘서 고마워. 언제나 개 조심보다는 사람 조심! 살면서 뭐가 더 중요한지, 똥인지 된장인지 분별할 수 있게 해 줘서 고마워. 내 똥덩어리들하고 눈 한 번 더 맞춰 주는 것보다 수업 준비가 먼저였던 나의 우둔함을 반성해 본다.

학교 개학이 계속 연기된다. 방학이 거의 3개월째. 토 나오지요. 내 아이들은 돌봄 교실, 학원 생활 하는 것을 더 좋아한다며 내 멋대로 판단하고 방학 없는 생활을 지내고 있던 어느 날, 도시락을 차에 놓고 가서 황급히 학교에 들어가 까치발로 창가에서 내 아이를 열심히 찾는다.

그때 뜨악~ 하고 가슴 철렁임이 내 뒤통수를 후려친다. 어른이 써도 답답한 마스크를 쓴 채 어떤 친구들은 장난감과 놀고 있고, 또 어떤 친구들은 책을 읽고 있다.

이 좁은 교실에서 수업이 끝날 때까지 답답할 거라는 걸 난 왜 이제야 느꼈을까. 난 왜 한 번도 생각해 보지 못했을까.

무엇을 위해서 일하는 건데?
무엇을 위해서…. 도대체 뭐가 더 중요한 건데….
그다음 날부터 학교에 보내지 않았다.
내 똥강아지들부터 챙겨야지.

잊고 있던 것을 알게 된다. 우연은 이 세상 어느 것에도 없다. 그러나 어떠한 이유로 이런 바이러스가 퍼져서 일상을 흔들리게 하고 있는지는 알 수 없다.

신이 아니기에.

많은 사람들이 죽어 가고 있다. 그 녀석이 나타나지 않았다면 더 오래 살았을 수도 있었을 그 누군가의 가족들. 허망하게 가 버린다, 갑자기.

서로가 서로를 믿지 못하고 내가 나를 믿지 못한다. 피해자가 가해자가 되고 죄스러워지게 된다. 불신은 더 불이 붙는다. 확진자보다 불신자가 더 무서워진다.

분명한 것은 끝은 있고, 이 또한 지나간다. 그렇다고 지나갈 일이니까 이럴 수도 있지 하며 넘어가고 싶지는 않다. 재난에 순응하며 그냥 넘어가면 인간이 동물과 뭐가 다르지?

모든 일에는 원인과 결과가 있으니까. 그리고 반드시 깨달음이 따르니까. 이 녀석을 두려워하고 무서워하기 전에 잠시 눈을 감고 생각해 본다. 너라는 녀석이 두렵고 무섭기도 하지만, 그리 커 보이지 않는다.
센 척하지 마! 고작 바이러스 주제에!

너는 결국 없어질 거니까. 일상의 소중함을 깨닫게 해줬으니 그걸로 고맙다. 이 정도 했으면 됐으니까 이제 그만 꺼져 주세요~

시험에 들게 하지 마옵소서

우울한 마음이 들 때면 내가 나를 통제할 수 없다. 말로 표현할 수 없는 슬픔이 나를 삼키려 한다. 다시 또 나를 찾으려고 한다.

나를 찾는다는 것은 하나님과 멀어지는 것을 아는데도 가끔 나를 끄집어내려고 한다. 더 내려놓아야 하는데, 얼마나 더 내려놓아야 하는지 모르겠다.

자기 연민에 빠지면 갑자기 나는 세상에서 제일 불쌍한 년이 된다. 내 입에서 쓰레기가 막 나온다. 잘 지내다가 불쑥불쑥 이 녀석이 나온다.

갑자기 무섭게 드라마 〈M〉이 생각나네. 어렸을 때 정말 무섭게 봤었던, 기억이 가물가물하지만 예쁜 주인공 얼굴에서 이상한 괴물 목소리가 나오는 장면들이 떠오른다. 난 M은 아니니 정신을 차려 보기로 하자.

집 뒷산을 올라간다. 이어폰을 귀에 꽂고 벚꽃 길을 걸어 본다. 예쁘다. 참 예쁘다, 너…. 첫사랑과 즐겨 듣던 쿨 노래가 흘러나온다. 벚꽃만큼, 아니, 더 찬란했었지, 그때….

그런 감상에 빠지기에는 내가 너무 달라졌다.

대학교 1학년 때, 20년 전 일이니까. 대학생들한테는 이제 나는 시조새일 것이다. 정말 나… 그저 꼰대가 되어 버린 것 같아서 음악을 바꿔 본다.

발라드, 팝송, 어쿠스틱 기타 등등, 그러나 결국은 CCM으로….

'시험에 들게 하지 마옵시며 다만 악에서 구해 주소서…'

올라가다 꽃을 보고, 나무를 보고, 낙엽을 밟으며 새소리를 듣는다. 가던 길을 멈추고 평상에 앉아 눈을 감아 본다. 기도를 드린다. 오랜만에 하는 기도라서 민망하다. 오늘 드린 온라인 예배도 이어폰 끼고 누워서 드렸으니 참으로 창피하다.

눈물이 난다. 콧물도 난다.

아무 일도 아닌데 크게 느껴지고 화가 난다.

주변인들에게 상처를 준다.

세상에서 가장 사랑스러운 나의 약자들에게도, 성실히 하루하루를 버티며 살아가는 그에게도 상처를 준다.

분명 이산은 며칠 전과 같은 산인데 다른 느낌이다.

며칠 전 산불이 나서 검게 변해 버렸고 아직까지 탄 냄새가 난다.

'얼마나 놀랐을까…. 아프겠다….'

그을린 나무를 만져 주면서 말을 걸어 본다.

'내 마음과 똑같네. 검고, 까지고, 다치고…. 곧 회복될 거야. 조금만 더 견뎌 줘.'

산에게 미안하다. 그냥 미안하다.

며칠 전 아이들이 만들어 놓은 솔방울 새집에 가 본다. 조금 엉클어져 있지만 다행히 있다. 쪼그려 앉아 다시 만들어 본다. 훌쩍훌쩍. 또 콧물이 난다.

도롱뇽 알이 부화가 됐는지도 가 본다. 두 남자아이들과 엄마가 여기에 도롱뇽 알이 있다면서 신나한다. 며칠 전 나와 아이들의 모습처럼~ 그냥 물끄러미 바라보다 간다. 나도 며칠 전에는 행복했었구나….

마음 울적할 때는 사람을 찾지 않게 된다. 위로는 고맙지만 위안이 되지 않으니까. 내 문제는 내가 그 답을 찾아야 하니까. 그리고 누구보다 내가 제일 그 답을 알고 있으니까.

침묵이 좋다.

길을 걷다 가깝게 지내는 언니 같은 동생에게 말을 걸어 본다.

참 고마운 친구다.

그 정도로도 좋다.

춥다.

옷을 제대로 입고 오지 않아서.

배고프다.

종일 굶어서.

살기 위해서 먹는 것일까, 먹기 위해서 사는 걸까.

그건 모르겠고 일단 먹어야겠다.

산을 내려오면서 감사한 일을 입으로 말해 본다.

그래야만 할 것 같아서….

그래야만 정신 줄을 놓지 않을 것만 같아서….

무조건 감사하다, **무조건**.

세상에 하나뿐인 동시

'세상에 하나밖에 없는 엄마

세상에 하나밖에 없는 나

세상에 하나밖에 없는 반짝반짝 진달래'

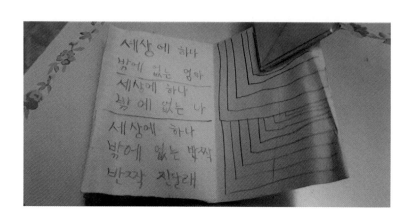

나의 첫 번째 작은 새가

어느새 이렇게 커 버린 거니.

이렇게 예쁜 시를

자고 있는 내 머리맡에 놓고 간 나의 팔팔이.

오늘 이 순간을 영원히 기억할게.

'세상에 하나밖에 없는 내 딸

세상의 하나밖에 없는 너의 엄마

세상의 하나밖에 없는 **반짝반짝 작은 별**'

감사

이삿짐 정리하다 발가락 골절 부상! 나의 부지런함의 결과는 즐겁게 일을 하다가 그대로 멈춰라!

감사합니다, 쉴 수 있게 해주셔서.

감사합니다, 일하는 것 빼고 게으른 나를 위해서 집 앞에 산을 통째로 주셔서.

그것도 등산로 입구가 집 앞에 떠~억하니 있어 산을 오르지 않을 수 없다.

분명 선물이다.

감사합니다, 시끄러운 기계 알람이 아닌 새의 속삭임으로 일어날 수 있게 해 주셔서. 새소리가 이렇게 예뻤는지 미처 몰랐었는데. 질리지 않는 예쁜 소리다.

방송 일을 그만두고 무작정 캐나다로 떠났었는데, 그것이 지금까지의 직업이 될 줄이야. 좋아하는 일이 직업이 될 수 있었음에 감사드립니다. 그것도 두 번이나.

다음 세 번째는 무엇일지 기대를 해 봅니다.

지금은 작가를 꿈꾸고 있으니 '꿈은 이루어진다!'는 주문을 외워 본다. 아브라~ 카다브라!

나는 지극히 과거지향주의자 쪽이다. 또한 현재를 즐기고자 한다. 과거의 것을 회상하는 것이 꼭 나쁜 것만은 아니다. 그만큼 열심히 살았고 추억이 많다는 거니까. 때로는 밋밋한 일상을 잠시나마 망각하게 해 주는 추억이 있어서 참 다행이다. 이 또한 감사드립니다.

코로나19로 모든 일상이 뒤죽박죽해졌다. 무기한 학교 개학 연장으로 느닷없이 엄마, 선생님, 친구, 가사 도우미 등등 여러 가지 원치 않은 역할극을 멀티로 맡게 되었다.

아이가 푼 수학 연산 문제를 채점한다. 이런 문제 풀이가 도대체 얼마 만인가. 치매 예방에도 좋을 것 같다. 수학뿐이랴. 국어, 영어, 요리, 독서, 미술, 피아노…. 내가 할 수 있는 것들을 총동원해 본다.

어렸을 적 배웠던 사교육을 사용하게 되다니. 언젠가는 써먹을 수 있다는, 부모님이 내신 교육비가 아깝지만은 않다는 잠깐의 위안과 안도감이 든다. 그러나 내가 학교 선생님도 아니고. 하루하루 내 자아 정체성이 흔들린다.

나는 누구인가요?

평소에 믿기만 하고 함께 참여하지 않았던 아이 공부. 극단적이지만 방치보다는 그래도 지나친 관심이 낫다. 딱 중간만 가 보자.

상황에 따라 즉각적인 능력을 주심에 감사합니다.

적응력일지도~

감사합니다, 아침에 눈을 뜰 수 있게 해 주셔서.

감사합니다, 저를 살리시려는 주님.

이것만으로 충분합니다. 너무 많아서 이 글로는 다 채울 수 없다. 조만간 못다 한 감사를 적어 보기로 한다.

감사하면 행복해진다. 행복해서 감사한 게 아니라.

세상적인 것에 마음이 흔들릴 때 감사함으로 **감사**를 드려 보기로 한다.

그분

그분을 가까이하기만 했더니
평안을 주셨다.

그분을 바라보기만 했더니
감사함을 주셨다.

그분을 생각하기만 했더니
기쁨을 주셨다.

더 가까이 그분에게 다가가니
더욱 깨끗해진다.
몸도 마음도…

가까이 갈수록
머리가 더 맑아진다.
뭐가 똥인지 된장인지
바른길로 찾아갈 수 있게
인도해 주신다.

내 인생의 주인공은
바로 나라고 생각했지만
그것은 나의 오만과 편견.
나를 만드신 그분의 영광을
찬양하고 기뻐하는 것이,
또한 그것을 세상에 입증하는 것이
나의 역할.
이것이 정신 줄 놓지 말고 살아야 하는
또 하나의 이유.

사람 발에 언제 밟혀 죽을지 모르는
개미로 태어나지 않음에
추운 겨울 이 산 저 산
먹을 것을 찾아 헤매야 하는
산짐승으로 태어나지 않음에
나는 인간으로 태어난 이유가 분명히 있을 테니까.
뭔가 있을 것이다.
그 이유가!

강한 자아.

자기애 뿜뿜!

나를 버리고

나를 내려놓고

그분과 선한 길로 동행하려고 한다.

그분의 손을 잡았다 놨다 다시 잡았다를

얼마나 반복했는지 모른다.

어렵게 다시 잡은 손

다시는 놓치지 않으리.

내 인생의 주인공,

나에게 말씀하신다.

'두려워하지 말라. 겁내지 말라.'

불쌍히 여겨 주시고

예뻐해 주신다.

감사합니다.

섬긴다

그분을 섬기는 것이 아니라
그분이 섬기는 거다.
나를,
작은 중에 더 작은 나를 찾아서
그분은 오셨다.

그분이 하라는 대로 하는 것이
섬김을 받는 것.
그분의 뜻대로 살아가는 것이
섬겨지는 것.
어린아이에게 젖을 물리면
젖을 빨아 먹는 것이 섬김을 받는 것.
아이를 학교에 보내면
아이는 학교생활을 열심히 하는 것이
섬김을 받는 것.
이처럼
우리는 그분에게 섬김을 드리는 것이 아닌,
섬김을 받는 것이다.

낮은 곳에서 더 낮아지고
작아진 곳에서 보이지 않을 정도로 더 작아지고

묻지도 따지지도 말고 그분의 섬김을 받자.

-2020.12.25. 성탄절 예배 중에서-

코로나19로 얻게 된 것 중의 하나!
조정민 목사님을 알게 된 것.
그리고 **박진수** **목사님**을 만난 것.

개미 같아

"개미 같아, 엄마는."

"왜? 갑자기?"

"포기하지 않잖아. 개미 같아, 일개미. 계속 일하잖아. 포기하지 않고!"

'그런가…'

"그럼 할머니는?"

"고릴라 같아."

"왜?"

"힘이 세잖아. 레고 같은 거 잘 빼잖아!"

'아하~ 그런 듯…'

너의 놀라운 전지적 7세 시점, 인정!

"개미야~ 개미~"

나를 자꾸 부른다.

"이 개미야~ 밥 잘 먹었어? 아휴~ 이 개미야."

조그만 손으로 내 머리카락을 엉키며 나의 머리를 쓰다듬는다. 머리가 내려와 눈이 보이지 않는다. 머리카락 사이로 나를 개미라고 부르는 귀여운 개미 새끼 한 마리가 보인다.

이왕이면 **여왕개미**는 안 되겠니?

내가 왜 좋아?

내가 좋대. 오랜만이다, '나 너 좋아해' 이런 거.

"왜? 뭐가 좋은데?"
"없던 나를 만들어 줬으니까."
단풍잎 같은 작은 손으로 나의 어깨를 주물러 주면서 하는 말.
"엄마는 나 없어도 살 수 있어?"
⋯⋯.
결혼을 후회하고 부정했었던 나였다. 순간 머릿속이 혼미해진다. 너는 좋은데, 결혼은⋯.
"아빠랑 결혼 안 했으면 내가 없는 거잖아!"

그러네. 맞네. 결혼 안 했으면 너 못 보는 거였네. OOO이랑 결혼했었어야만 너를 볼 수 있는 거네. 너를 보려면⋯.

너 없으면 살 것만 같았던 나. 너 없으면 숨통이 트일 것만 같았던 나. 너 없으면 못 산다, 이제는. 너 없으면 내가 없는 거니까.

우리 앞으로 더 친해지자. 내가 생각보다 너 많이 좋아하는 것 같아. 내 남자 친구, 사. 랑. 해.

"Junny야~"
"Honey야~"

서로의 이름을 부를 때 우리는 가끔 **연인 사이**가 된다.

가을 합니다만~

가을이 떨어지고 있다.

하나, 둘, 셋….

몰랐었네,

가을이 눈부시도록 이렇게 아름다운지.

몰랐었네.,

가을이 이토록 눈물 나게 아쉬운지.

사람은 나무를 닮았다.
푸른 잎으로 무성했던 청춘이
어느새 오색 다양한 단풍으로 물들고
그 잎이 바람결 따라 하나, 둘 떨어진다.
툭, 툭….

누구나 태어나고
누구나 아프고
누구나 죽는다.
너도 나도
공평하게
오늘도
우리는 살아간다,
마지막을 향하며.
그 마지막은 어떻게 살아가느냐에 따라
제각각 다른 모습이 되겠지.

나의 찬란하게 푸르렀던 잎들은
나의 발밑에 어느새 가득 모여 있다.

언제 이렇게 떨어진 거지.

나 아직 두 팔 벌려 설 수 있는데.
나 아직 쓸 만한데….

나무가 또 다른 나무가 된다.
같은 나무 같지만
나이테가 다르고
나뭇결이 다르고
잎의 색이 다르다.

이제는 내가 아닌
너를 큰 나무로 성장시켜 줄게.

나의 오색 빛깔 잎으로
너를 따뜻하게 감싸 줄게.

나의 남은 영양분으로
너를 지켜 줄게.

나중에, 한참 나중에
나를 기억해 줄 수 있겠니?

너는 나고
나는 너니까.
언제나 너와 나는 함께 숨 쉬고 있으니까.

사. 랑. 해.

로나와 1주년

그녀를 만나고부터 달라진 일상. 그 일상이 어느새 익숙해져 버린 또 다른 일상. 아침부터 그녀를 만나기 위해서 필수 아이템을 골라 본다. 색깔, 스타일, 소재, 더 세심히 골라 본다. 그녀는 섬세하니까.

그녀의 이름은 로나~
해외 유학파 출신인 그녀는 중국에서 온 것으로 추정만 될 뿐 아직도 어느 나라에서 왔는지 말해 주지 않는다.

신비주의~ 로나~
점점 집착이 심해지는 그녀. 헤어지자고 해도 아무 소용이 없다.

로나한테 한번 걸리면 그녀 외에 아무도 못 만나게 한다. 그녀는 그녀 외에 서로 서로를 의심하게 만들고, 다가가지 못하게 한다. 누군가와 커피 한잔하고 싶어도 마음 편히 만날 수 없게 한다. 누군가를 초대하고 누군가에게 초대받는 것조차 싫어한다.

그런 로나가 너무 숨 막힌다.
커피숍에 혼자 잠시 앉아 커피 마시는 것조차 그녀는 허락하지 않는다.

그녀는 로나, 코.

오늘은 로나와 만난 지 벌써 일 년이 되는 1주년. 이런 날이 올 줄 전혀 몰랐던 일 년 전으로 돌아가고 싶다.

너와 이제는 **이별**을 하고 싶다.

꽃길만 걸으세요

어버이날.

5월 8일.

빨간날.

쉬는 날

카네이션 꽃 사는 날.

용돈 드리는 날.

'감사합니다, 사랑합니다.'라고

말하는 날이라고만 생각했다.

이른 아침 눈을 떠 보니,

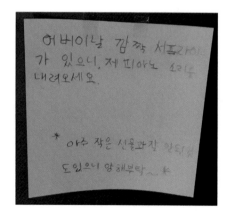

왜 피아노 소리가 안 들리지…. 화장실 가고 싶은데. 3층 화장실이 방 밖에 있는 구조 때문에 괜스레 불평하게 되는 아침이다. 혹여 방문 여는 소리가 들리면 실망할까 봐 아랫배에 힘을 주어 본다.

2시간이 지나고, 드디어 지브리의 '언제나 몇 번이라도' 피아노 소리가 들린다. 어찌나 반갑던지! 내려가 본다.

꽃길만 걸으세요.

옛날 옛적에 데이트할 때 받았던 서프라이즈 이벤트 이래 오랜만에 받아 본… 감동이다.

정말 Good morning이다. 나보고 꽃길만 걸으래. 내가 정말 꽃길만 걸어도 되는 건가. 내가 이런 걸 받아도 되는 건가.

아이들은 생각보다 많은 걸 나에게 가르쳐 준다. 아이들은 생각보다 많은 걸 나에게 준다.

아이들을 위해서 희생해야만 한다는 억울한 생각을 떨쳐 버리기까지 꽤 오랜 시간을 흘려보냈다. 지금도 내가 깎여 가는 느낌이 들 때가 있으니 어쩌면 평생 느낄지도 모른다.

내가 너희를 만나서 고생한다는 마음은 쓰레기통에 버렸다. 왜냐하면 너희가 나를 만나서 고생이 많으니까.

지랄맞은 성격, 인내심 없는 나. 엄마 자격 미달인 나를 엄마로 만나서 너희가 참 고생이 많다. 그런 내가 뭐가 예쁘다고 이런 꽃길만 걸으래. 갑자기 코가 시큰거린다.

흙길이어도 우리 똥덩어리들만 함께한다면 그게 바로 꽃길이지.

꽃길만 걷고 싶다, 너희와 함께 **사뿐사뿐.**

여행

무계획을 좋아한다. 계획이라면 비행기 표와 숙박 정도만으로도 충분하다. 여행에서 맞이하는 실망도, 추억도 장소보다는 역시 사람이다.

럭셔리 호텔도 아니고 티브이조차 없어도 인자한 어느 노부부의 펜션이 좋고, 고급진 일식집 식당보다 투덜거리지만 요구하는 대로 다 만들어 주시는 사장님의 어느 소박한 식당이 좋다.

그 속에서 만나는 사람들.
역시 언제나 사람이다.

바쁜 하루하루를 기다림과 설렘으로 채워 주는 이 녀석. 꼴 보기 싫은 직장 나부랭이들과 스트레스로 고군분투하는 나를 다독이며 여유로운 마음마저 주는 이 녀석.

억울하고 분해하는 마음조차 다 내려놓으면 된다며 나를 토닥토닥 다독여 준다.

그냥 흘려보내라고⋯ 아무것도 아니라며 녹아내리게 하는 마술 같은 이 녀석. 이 녀석이 참 좋다. 이 여행씨!

늘 그렇듯 또 하나의 추억 만들기. 난 네가 참 좋다.

하나의 에피소드가 있다. 예약한 방어초밥을 예쁘게 차려 주신 사장님이 계셨다.

"미소 같은 장국 없나요? 제가 국물 없이는 잘 못 먹어서요."
"아~ 이런 거 잘 안 하는데."

말씀은 이렇게 하면서도 된장을 풀고 파를 송송, 버섯을 썰어서 미소 장국 한 그릇을 뚝딱 차려 주신다.
오늘은 어설픈 낚시로 손바닥 크기도 안 되는 물고기를 낚아 사장님께 가지고 간다.

"회 떠 주세요, 사장님."
"아~ 비려, 비려. 비린 거 정말 싫어. 비늘도 안 떼고! 이 조그마한 걸 어떻게 하라고!"

부산 사투리 억양으로 거칠게 대답하면서도 소주 한잔할 수 있는 회한 접시를 뚝딱 썰어 주신다.

어느 소박한 심야 식당의 부산 사나이인 양 사장님, 추억 더하기 하나 **추가요~**

좋을 때

단풍 구경 온 많은 사람들. 저마다 찰칵찰칵 사진을 찍는다. 누군가는 풍경을, 누군가는 같이, 누군가는 아기들을, 또 누군가는 자신의 모습을 담는다.

물끄러미 사람들을 바라본다. 정말 다양하다. 다 다르게 생겼다. 이런 많은 사람들 속에서 나를 아는 사람을 만날 확률이 얼마나 될까? 전에 사귀었던 남자 친구를 만난다면…. 안 돼. 그건 너무 사악하잖아. 청바지에 머리 하나 질끈 묶고 왔는데….

우연히 만나더라도 다음에 만나기를…. 그래야 나를 놓친 것을 조금은 더 안타까워하리라. 한때 나의 남자 친구였다는 것을 자랑스러워하리라.

연인들이 다정하게 사진을 찍는다. 그러면서 그들은 지나가는 사람들을 곁눈질로 눈치를 본다. 민망한가? 좀 더 대범하게 꽉 안고 찍지.

떳떳하잖아. 눈치 안 보고 당당했으면 좋겠다.

'좋을 때다~ 좋을 때지.'
대천 해수욕장에서 첫사랑과 사진을 찍고 있는데, 중년의 아주머니
들이 지나가면서 했던 말을 지금 내가 하고 있다. 그때는 그 숨은 뜻을
몰랐더랬지….

'좋을 때 즐겨라. 어차피 헤어질 확률이 크니까….'

만남이 있으면 헤어짐이 있다는 것을 그때는 참 몰랐다.
좋을 때는 그것이 좋은 때인지 모른다.

좋을 때 즐기자!

18

요즘 주니(인간으로 진화 중, 5살)가 어린이집 숙제를 매일 해 가야 한다. 자음 쓰기를 연습하는 숙제인데, 'ㄱ, ㄴ, ㄷ, ㄹ, ㅁ, ㅂ, ㅅ, ㅈ'를 쓰고, 오늘은 'ㅊ'을 쓸 차례다. 그런데 자꾸 순서를 이상하게 섞는다. 왼손잡이라서 그런가.

"주니야~ 머리에 모자를 먼저 씌우고 옷을 입혀 보자. 위에 선을 먼저 긋고 밑에다 이렇게 써 보는 거야."

그러나 그의 굳은 신념대로… 마음대로 찍찍 긋기 바쁘다. 그래, 너의 뜻대로 하거라~ 어차피 알게 될 한글인데 지금 순서가 좀 틀리면 어때서.

이제는 수학 숙제를 할 차례다.

숫자를 차례대로 써 보는 숙제인데, '10, 11, 12, 13, 14, 15, 16, 17' 그리고 18.

그냥 지나칠 수 없다. 이 숫자의 다른 의미를 아직 알지 못하는 아직은 순수한 아이. 그 아이에게 괜스레 그 의미를 알리고 싶다.

"자, 다시 크게 읽어 보는 거야. 18! 더 크게!"

"18!"

"와~잘했어. 아빠 보면서! 눈 더 크게 뜨고, 배에 힘 빡 주고!"

"18!"

밥 먹다 말고 그는 우리 모자를 이상하게 본다.

그래서 다시 한번 우리는 최대한 도도하고 격렬하게 외친다.

"18!"

이상하게 속이 시원해진다.

그는 "와~ 주니 정말 숫자 잘 읽네. 18!" 하고 대답해 준다.

우리 가족이 가장 좋아하는 숫자는 "18!"

만우절

만우절.
더 이상 장난치지 않는다는 거.
누군가를 속이고
누군가가 놀라는 모습이
더 이상 놀랍지 않다는 거.

오늘이 만우절인데
나에게 장난치는 이도
내가 속이는 일도 없이
지나간다.
나이 드는 거다.

올해 처음으로 만우절은
그냥
4월 1일일 뿐.

손을 펴자

둘 다 지키려다가 놓치고 결국은 깨지고 만다.
양손 가득 움켜쥐고 있는 내 모습을 바라본다.
안타깝다.
안쓰럽다.
온 힘을 다해야 한다고
바쁘게 살아야 한다고
오늘도 자기 주문을 외워 본다.

누가 쫓아오는 것도 아닌데
왜 그렇게 나의 발은 종종걸음인지….
내가 오늘 죽는다고 생각하면
용서 못 할 일도
용서 못 할 사람도 없다.

관대해지자.

나도 너에게,
너도 나에게.

먼지

형광등 불빛 사이로 깃털처럼 사뿐사뿐
내려오는 너
빛의 빈틈 사이로 반짝이는 별처럼
공기를 수놓는 너

어쩌면 먼지는
죽은 이들의 영혼일지도 모르겠다.
이생에 대한 미련으로
티끌보다 작은 먼지라도 되어
세상에 존재하고 싶어 하는지도 모르겠다.

먼지와 사는 우리.
죽으면 먼지.
사는 게 **먼지**.

우리

커플티 입는다고 둘이 하나가 되지 않아.

그렇게 자신이 없니?

1+1= 1
결코 될 수 없어.
너는 너.
나는 나.
이 모양 저 모양 각기 다른 객체들이
우리에 모여서 살아서
우리가 되는 거야.

그게 바로 **우리야.**

부랄격

피곤하다면서
집에서 게임 하는 남자.

피곤하다면서
메추리알 장조림 반찬 만드는 남자.

피곤하다면서
코 고는 남자.

너는 그냥
피곤한 남자.

아니
너는 그냥
피곤한 인간.

넌 **부랄격**이야!

가성비 Zero

아직까지 오늘 쇼핑한 거 정리하고 있다.
과. 소. 비지만 괜찮아.
내 사랑에게 줄 수만 있다면.

온종일 걸어도 좋아.
돈이 없어져도 좋아.

희생이 없는 건 사랑이 아니래.
비합리적인 행동의 결정판.
사랑.

희생 없는 사랑은 진짜 사랑이 아닌 거지.
손해 보는 게 사랑인 거지.
그럼에도 불구하고
계속 사랑하지.

그래서 사랑은 손해 보는 거야.

비합리적인 사고.

언제나 매출은 적자.

나 진짜 사랑하나 봐.

이런 이기적인 나도

양쪽 어깨에 쇼핑백들을 가득 짊어지고

집에 돌아온 나의 발바닥이

아직까지도 **후끈**거리니까.

Reverse

내 안의 슬픔은 주님이 아시겠지만
저는 잘 모르겠습니다.

자유 하고 싶다고 말하는 나에게
지금 엄청나게 안정되게 살고 있다는
누군가의 그 말 한마디가
나를 들어 뒤집어 보게 된다.

원하는 것과 지금 나의 현실이
반대라는 거대한 반전.
인간의 판단은 결국 상대적인 것.
그래서 절대적 선, 악도 없다는 것.

누군가는 나의 현실을 갈망하고
나는 누군가의 현실을 꿈꾼다.

그럼 우리는 모두
누군가의 바람을 살고 있으니
이 또한 모두 잘 살고 있는 거지요.

나는 누군가의 꿈.

누군가는 나의 **소망**.

가로등 신부

촘촘히 엮어 놓은
새하얀 긴 면사포를 두른다.
서로 알지도 못하는
이름 모를 하객들이 몰려온다.
매혹적인 조명이 신부를 더 돋보이게 한다.

그 아름다운 자태에
너도 나도 더 그녀에게 다가간다.
다가갈수록 헤어 나오지 못하는 유혹의 덫.
오늘 밤에 나는 네가 되고 싶다.

자유부인

새처럼 훨훨
깃털처럼 살랑살랑
떨어지는 나뭇잎처럼 사뿐사뿐
바람과 함께하고 싶다.

몸에 풍선을 달아
하늘로 날아 올라가고 싶다.

머리도
마음도
가볍게

자유 하고 싶다.

비가

예전에 나는 비를 참 싫어했는데
이제는 네가 오면 반갑다.
툭툭 무심하게 떨어지는 빗방울 소리.
메마른 세상을 촉촉하게 발라 주는 단아한 스킨.

먹고 사느라 힘든 빡빡한 마음을
부드럽게 감싸 주는 천연 모이스처 크림.

지나간 것들 중에 좋은 것만
기억나게 해 주는 신비한 추억 필터.
창가에 묻은 너의 눈물.
아련해서 닦아 주고 싶어지는 너.
입 벌려 아~ 하고 받아먹고 싶다.

우산 따위 들고 다니는
귀찮음을 벗어 버리고 싶다.
홀딱 벗고 온몸으로
너를 맞이하고 싶은 너.
미세 먼지가 있어서 더럽다고 해도

나는 너에게 말해 주고 싶다.
깨끗하지 않아도 괜찮다고.

땅에서 하늘까지 올라갔다 온
그 먼 여정을 다녀온
너에게 말하고 싶다.

정말 수고했어.
여기까지 오느라고.
이것만으로도 너는 대단한 거야.

오늘

오늘 하루도 잘 지내고
우리는 집으로 또 돌아왔네요.
이것 하나만으로도 우리는
오늘 잘한 거예요.
대단한 거예요.

오늘이 가장 젊다.
오늘이 제일 예쁘다.

하고 싶은 대로 하고 살아도
내 뜻대로 잘 안 되는데
최대한 재미있게 살고 싶다.
오늘은 다시는 돌아오지 못하는
가슴 저린 마지막 날이다.

그래서
더 아쉽고
더 붙잡고 싶은 날이다.

그러나 우리는 안다.

오늘을 보내 줘야만

내일을 만날 수 있다는 것을.

오늘을 공짜로 선물받았으니

경의를 표하자.

최대한 예의 있게 보내자.

오늘을 즐겨야만 한다.

오늘이 나의 마지막 날인 것처럼.

원래 혼자였던 것처럼

갑자기 짝꿍이 없어졌다.
한쪽만 들어도 들리지만 이상하잖아.

블루투스 이어폰 하나.

다음 정거장에서 내린다.
이어폰을 하나씩 빼서 케이스에 담아야지.

하나. 둘.
그런데 갑자기 너를 놓치고 말았어.
둔탁한 소리와 함께 너를 떨어뜨렸어.

다음에 내려야 하는데
도착지는 점점 다가오고
마음은 점점 조급해진다.
나는 너를 찾느라 의자, 바닥
구석구석 낮은 자세로 무릎을 꿇는다.
이번에 내리면 다시는 너를 못 보겠지.
조금 전만에도 너를 통해

음악을 들을 수 있어서 행복했는데….
이렇게 갑자기 허망하게
작별 인사를 해야 하는 거니?

이건 좀 아니잖아.
너를 찾지 못한 거지
너를 버린 것은 아니야.

남겨진 다른 너는 혼자 방에
덩그러니 들어가 있어야 해.
이제는 짝꿍 없이 혼자 다녀야 해.
너의 부재에 나는 또 적응하겠지.

잃어버린 한 짝

너를 아무리 찾아도 없다.
몇 번을
같은 버스,
같은 자리에
다시 앉았는데….

Gone! Gone! It's gone.

내 것이 아니었나 보다.
그랬던 거야.

잊어.
잠시 스쳐 지나가는
바람일 뿐이었어.

이제는 더 좋은 것들을 만날 거고
어쩌면 이미 만나는 중일지도 몰라.
놓치지 마.
너에게 다가오는 새로운 것들을.

애써 붙잡지 마.
너에게 떠난 것들을.

더 멋진 그 무언가를
너는 곧 만날 거니까.

선생님, 감사해요

샐러드도 많이 먹으면 살찐다고 하셨는데
저는 맛있는 바람과 계속 함께하고 싶네요.

열심히 먹고
열심히 운동하고
열심히 일하고
열심히 즐기고
열심히 하루하루를 만들어 가 봅니다.

저의 몸에서 짠맛을 맛보게
해 주셔서 감사드립니다.
제 몸을 더욱더~ 사랑하려고 합니다.

P.T&DANCE 선생님,

감사해요.

그리고 겁 없이 붓을 들게 해 주신

ART 선생님도 **감사해요.**

예쁜 노을

창문을 열어 보니
갑자기 예쁜 선물이 놓여 있다.
What a pleasant surprise!

이 선물을 누군가가 낚아챌 것만 같아서
괜스레 조바심이 난다.

매일 볼 수 있는 하늘이지만
하늘을 보는 사람들은
생각보다 많지 않은 것 같아.

예쁘다고 소리 내어 본다.
너 참 예쁘다.
이렇게 쓰담쓰담 어루만지면
하늘은 어느새 더 예쁜 옷으로 갈아입고
우리에게 살포시 선물을
갑자기 주고 갈지도 **모를 일이다.**

가 족같은 1

각자 자리에서 온 힘을 다해 살고 있잖아.
가끔은 부모님이 마음에 안 들 때는
그냥 받아들여.
본보기 교훈으로 삼으며
하루하루를 만들어 가면 돼.
너무 먼 미래를 생각하지 마.
우린 언젠가는
어차피 헤어질 사람들이니까.

부모님은 존재만으로
감사하게 생각하면 돼.
싫은 모습이 보일 때는 잠깐 피하고.
어차피 만나면 언제 그랬냐는 듯
정겹게 밥 먹을 사이니까.

우리는 다시 그럴 거니까.

가 족같은 2

결혼은 신이 인간에게 주는 최고의 축복.
결혼은 신이 인간에게 주는 최악의 형벌.

사랑하는 사람들도
더 멀어지게 만드는 것.

언제나 내 곁에 있을 거라고
착각하게 만드는 것.

당연함이 익숙함으로
그 익숙함이 거리감으로
점점 더 멀어지게 만드는 것.

남남이 진짜 형제, 자매, 부모보다
더 가족같이 만드는
가 족같은 것.

맛있게 익어 가는 중

원래 나는 새해 계획 따위 세우지 않는다. 어차피 계획대로 살아지지 않는 것이 인생이니까. 그럼에도 불구하고 이번 해는 희망이라는 것을 세워 본다.

올해 목표는 '내 거 먼저! 일은 나중에!'

나만이 살길이다. 타인보다 나한테 집중하자고 다짐해 본다. 혼자 잘 지내는 법을 알아야 잘 살 수 있다.

진짜 인생 독립을 하기 위해서는 다음과 같은 다짐이 필요하다.

1. 모르는 길도 내비게이션 따라 쫄지 말고 길 잘 찾아가기. (자가운전)
2. 돈을 벌어서 내 통장에 차곡차곡 쌓기. (내돈내통)
3. 꾸준한 운동, 댄스로 늘 48kg 이하의 몸무게 유지하기. (내 몸 관리)

4. 지금처럼 줌마 같지 않고 애 엄마 같지 않다는 소리 듣기. (볼매 유지)

5. 인생을 즐길 줄 아는 감성 쌓아 올리기. (갬성 장착)

맛있게 **익어 가자**!

가끔은 타임머신 여행

집에서 대중교통으로 가는 시간만 2시간이 넘는 대장정! 용기가 필요하다. 이 시간을 내어 줄 만큼 값진 것인가. 휴일 오전을 몽땅 송두리째 줘도 아깝지 않은가?

집에 있었다면 정원에서 이불 덮고 늘어지게 책을 볼 수도 있겠고, 영화 한 편을 봤을 수도 있겠고, 밀린 청소를 할 수도 있겠고, 몸은 훨씬 편했겠지.

그럼에도 불구하고 발을, 몸을 움직인다.

조금 있으면 나의 두 번째였던 직장, 그곳에 도착한다. 몇 번이나 교통 지도를 보며 정거장을 확인해 본다. 나는 길치다. 몸치, 음치는 아니어서 얼마나 다행인가. 라떼는 9호선이 없었더랬지.

드디어 국회의사당역 하차 안내 방송이 나온다.

갑자기 가슴이 콩닥콩닥 설렌다.

국회의원 인터뷰를 끝내고 커피 한잔 마시면서 쉬는 나만의 동산 아지트를 가 본다. 사람들이 잘 다니지 않아서 마음 편하게 이용했던 나만의 화장실에 가 본다. 이제는 출입증이 없어서 자주 드나들었던 본관, 의원회관에 들어가지 못한다. 장롱 깊숙한 곳에 있는 보물 상자에는 국회 출입증이 있다. 내가 지금 이렇게 살고 있는지도 모른 채 그 아이는 해맑게 웃고 있다.

몸 사려니

한 해가 지나갈수록 너희들의 키는 크고 나는 줄어든다.

기분 따라 밤새워 노는 것도 그다음 날이 부담스러워서, 아니, 겁이 나서 몸을 사린다. 차디찬 시멘트 바닥에서 밤새 얘기하며 못 먹는 술과 함께하다가 아침 첫차를 타는 건 이제는 체력이 역부족이라 어렵다.

홍대 클럽에서 문 닫을 때까지 춤추고 아침 첫차를 타는 건 이제는 불가능하다.

이제는 몸을 사린다.
'오늘만 산다'보다 내일을 생각해야만 하는 몸 사려니!

이러기에는 우린 이제 젊지 않기에, 그러기에는 우린 아직 괜찮은 과거가 있기에 그 추억의 엔진으로 오늘도 달려간다.

붕~ 붕~

더 늙기 전에

한때 열렬히 사랑했던 사람들도 시간이 흐르면 익숙함으로, 그 익숙함으로 인해 편안한 가족이 되는 거야.

그런데 말이죠, 우리는 남이야. 피 한 방울 섞이지 않은 남. 절대 가족이 될 수 없는데 가족이래. 또 다른 가족을 만들려고 결혼을 한 건 아닌데. 원가족만으로도 난 충분한데 말이지.

난 나를 더 사랑할 거고, 그동안 방치했던 몸도 마음도 돌보고 쓸 거야.

더 늙기 전에.

선녀와 나무꾼

예쁜 식물을 사 와서
집에 들여놨다고 끝이 아니야.
잘 들여다보아야 해.
적당히 물도 주고
적당히 햇볕도 쬐어 주고
정당한 때가 되면 분갈이도 해 주고
이사도 시켜 줘야 하고
아기처럼 늘 살펴보아야 해.
제때 물 안 주면
마른다.
너무 많은 물을 주면
죽는다.
적당한 때를 놓치면
너와 나의 관계도
죽는다.

결혼한다고 **끝이 아니야.**

괜찮아요

그대 너무 외로워하지 말아요.
그대 옆에 당신을 사랑하는 사람이 있잖아요.
혼자서도 잘해요.
나는 나를 사랑하니까
괜찮아요.

달빛 아래 풀벌레 소리
산바람 살포시 다가와
나와 함께 있으니
나는 괜찮아요.

사랑한다는 소리를 듣고 싶지만
그 말 한마디만 나에게 해 주면
날아갈 것 같지만
괜찮아요.

나는 내가 있으니까
괜찮아요.
Love Myself.

위에게 위로를

너를 좀 쉬게 해 줄게.
덜 움직이게 쉬는 시간을 줄게.
24시간 편의점도 아니고
내가 너를 너무 굴렸다.

누워서 너를 만지면 아프다.
이제는 나이를 인정하려고 해.
예전과는 다른 너의 능력이
점점 떨어지고 있다는 거
'나는 할 수 있다!'라는 내 의지와
너는 친하지 않구나.

미안해,
너를 너무
바쁘게 만들어서.
힘들게 해서.

그런데 언제나 밥은 참 **맛있다!**

동물 같은 사람

나는 사람입니다.
그래서 사람을 좋아합니다.
동물도 좋아합니다.

우연히 산에서 다람쥐를 보았습니다.
너무나 반갑습니다.
반갑다, 친구야~
때로는 사람보다 동물이 편할 때가 많습니다.
나를 있는 그대로 보여 줄 수 있고
나를 있는 그대로 봐 주니까요.
사람에게 상처를 받습니다.
사람을 너무 믿었던 나를 또 자책합니다.

그냥 있는 그대로 나를 보여 줬을 뿐인데.
그냥 있는 그대로 믿었을 뿐인데.

나는 나를 채찍질하고 있습니다.
나는 잘못한 게 없는데 말입니다.

그 누구의 잘못도 없습니다.

우리는 실수투성이인 죽는 그 순간까지

미완성인 사람이니까요.

순수한 동물 같은

사람이 되고 싶습니다.

나의 아저씨

'아줌마', '아저씨'라는 말은 왠지
마음을 처지게 해.
내가 더는 싱싱하지 못한
며칠 동안 냉장고에서 시들어 가는
먹을 수는 있는데
맛있게는 먹지 못하는
시든 상추 같은.
욕은 아닌데
이상하게 기분이 좋지는 않아.

갑자기 〈나의 아저씨〉 속편이 나왔으면 좋겠다.
나의 아줌마.
안타깝지만 2편은 나올 수 없다.

갑자기 떠난 나의 아저씨가 보고 싶다.

00학번

대학교 진로 상담 때 담임이 얘기한다.

"이 학교로 가! 캠퍼스 크고 좋아!"

선생님이 추천해 준 것이니까 믿고 갔다. 나중에 알았다, 학교가 정말 크기만 했다는 것을…. 나중에 알았다, 내가 이미 붙은 학교가 집에서 전철로 30분도 안 걸리며, 면접 때 봤던 전공 교수들이 지금까지도 방송계에서 저명하다는 것을….

거의 20년 만에 모교를 갔다. 자랑스럽지 못한, 무지했던 내 선택의 후회로 가득한 그곳.

많은 건물이 세워져서 조금은 낯설었지만, 통학 버스 승차장 입구부터 인문대, 체육관, 도서관, CC연못, 상경대 그리고 법정대를 보니 익숙하다.

그때의 나를 만난다.

딱히 웃기는 것도 아닌데 친구들과 깔깔댔던 나. 연못 잔디밭에서 자장면 시켜 먹던 나. 대강당실에서 연기자가 되어 남자처럼 목소리를 바꿔 가며 친구들 대리 출석 했던 나. 차디찬 시멘트 바닥에 뒹굴려 잘 마시지도 못하는 술을 부어라 마셔라~ 난장 깠던 나. 법정대 길목에 후광이 비치며 눈부시게 다가왔던 첫사랑을 만났던 나.

아련하다. 아리다.

난 그대로인데 졸업한 지 20년이 흘러 버렸다. 그때의 친구들, 첫사랑은 어디에 있고 나만 홀로 여기 있지. 갑자기 타임머신을 타고 온 것처럼 미래에서 내가 왔다.

선택도 내가 하는 거, 후회도 내가 하는 거, 그리움도 내가 하는 거, 아픔도 내가 하는 거. 다 내 몫이다.

그때의 선택은 나였다. 너무 늦게 알게 되었다.

그러나 다행이다, 더 늦지 않게 나를 만나서. 그래서 다행이다. 추억이 많은 것을 보니 그때 열심히 살았었나 보다.

그러니까 다행이다. 첫사랑을 만났었기에 다른 후회와 타협이 된다.

언제나 매일매일 맞닥뜨리게 되는 선택. 그것은 결국 내가 된다는 것을 20년이나 지난 후에 너무 늦게 알게 되었다.

다행이다, 더 늦지 않게 나를 만나서.

정

정 때문에 산다는 거
무슨 말인지 알 듯해.

자식 때문에 산다! 이런 말
핑계인 줄 알았는데
비겁한 자기변명인 줄 알았는데
그게 아니라는 걸
조금은 알겠더라.

정이 뭔지….
사랑처럼 뜨겁지도 않고
우정처럼 의리로 똘똘 뭉쳐지지도 않고
뜨겁거나 차갑지도 않은 미지근한 중탕.
밍밍한 숭늉 같은 것….

자극적이지도 맛있지도 않은
정이란 너.

참 구수하기만 하구나.

투덜투덜

버스 앞쪽에 앉아 있는 아저씨의 혼잣말을
승객 모두가 들을 수 있다.

차 막힌다 투덜투덜.
계속계속 투덜투덜.
소리 내어 투덜투덜.

저 사람도 한때는
귀여운 아기였을 때가 있었을 텐데
도대체 그에게 무슨 일이 있었던 걸까?

짙은 담배 냄새가
삶의 고단함을 짐작하게 해 준다.
독한 냄새 때문에
머리가 아프고 속도 메슥거린다.
사람은 인생의 향기를 달고 다닌다.

짜증이 나기보다는 마음이 쓰인다.

괜한 오지랖인가?

오늘은 내 마음이 평온한가 보다.

연민이 타인의 무례함을 이겼으니까.

오늘 하루 무척이나 고단하셨나 보다.

부디 집에 가서

씻고 편하게 **주무시기를**⋯.

바위

매일매일 바쁜데
손에 돈이 쥐어지는 건 아닌 것 같고….
마음 저장 공간은 용량이 거의 다 찼는데
변수 바이러스는 계속 들어오고….

나는 비바람에도
끄떡없는
눈이 와도 얼지 않는
더위에도
녹아내리지 않는

아무렇지도 않은
강한 바위가 되고 싶다!

Live simply

나는 나를 조금은 안다고 생각했는데
아닌가 보다.
한낱 호르몬의 지배를 받고
결국 패배하고 마는 나약한 나.

무엇을 해도 기쁘지 않고
무엇을 해도 재미있지 않고
무엇을 해도 웃음이 나오지 않는다.
거짓 웃음도 나오지 않는다.

시간은 계속 흐르는데
손에 쥐어 보려 해도
모래처럼 흩어져 버린다.

일을 해도 잡념은 사라지지 않고
시곗바늘은 계속 움직인다.

생각을 멈추고
단순하게, 멍청하게
멍때리고 싶다.

나는 치유 중

마음의 상처
책으로
바람으로
새소리로
풀벌레 소리로
지나가는 비행기 소리로
풀~풀 나는 숲속 향기로
치유하는 중….

나는 지금
회복하고 있는 중입니다.

Don't disturb me! Now!

먹는 데 진심인 이유

모든 생명에는 영혼이 있다.
살아 있는 모든 것들은 영혼이 깃들어져 있다.
인간의 가장 원초적인 욕구,
식욕.

먹어야 산다.
살아야 먹는다.
영혼이 담겨 있는 음식을 먹을 때
나 살아 있다고 느껴진다.
내 몸으로 들어오는 것들은 나에게 말한다.

너는 살아 있다고.
너는 살아야 한다고.

나는 나에게 말한다.
나 살아 있다고.
나 살아야 한다고.

그래, 오늘도 **맘껏** 먹자!

찬란한 변화

인생은 예측 불가능한 변화의 연속.
아침 알람을 끄고 바로 일어날지
5분만 더 뒹굴뒹굴거릴지부터
결정해야만 하는
매일매일 선택의 연속.

고인 물은 섞는다.
움직이고 흘러야만 맑은 물로 정화된다.
그래서 나는 안정보다는 변화를 택한다.

불안감과 고통은 따르지만
새로움을 맛보는 대가라고 치자.
변화하고 싶지 않아도
내가 모르는 무슨 일이
상시 대기 하고 있다는 걸

이제 나는 **안다**.

파도

파도가 몰려온다, 끊임없이.
잔잔한 파도
화가 난 파도
춤추는 파도.

모래사장에 서 있는 발밑으로
갑자기 들어오는 파도.

나도 모르게 후다닥 뒷걸음질을 친다.
물에 젖지 않으려고.
살겠다고.
막을 수 없는 파도라면 받아들이자.

오늘은
거친 파도가 아니기를.
성난 파도가 아니기를.
감당할 수 있는 파도이기를.

나는 오늘도 **파도**를 바라본다.

한 끗 차이

5자는 땀이고 때였나 봐.
묵은 때 다 털어 버려야지.

아침에 5,
저녁에 4.
숫자 하나 차이에
하루 사이에
내 기분도 차이가 난다.

몸무게, 이게 뭐라고.
한참 후 나와서 옷을 주섬주섬 입고
3층 창가를 바라보는데 눈이 온다.

가로등 사이에 눈이 내린다.
뜻밖에 네가 나를 위로해 준다.
기분이가 다시 좋아질 것 같다.

나의 편지 친구에게 1

네가 잘못하지 않았으면
'미안해'라는 말 안 해도 돼.
기도드려 봐.
하나님이 너의 마음을 제일 잘 알고 계실 거야.
그리고 답을 주실 거야.
울고 싶으면 울어.
너의 감정을 묶어 두지 마.
너의 눈물 닦아 주고 싶지만
마음으로 닦아 준다.
너는 나야. 나는 너야.
우리는 처음 이어진 탯줄부터
영원히 연결되어 있어.
네가 울면 나도 울어.
울어도 괜찮아.

나의 첫 아가야.
이건 분명해.
그분이 너의 가장 행복한 길을 찾게 해 주실 거야.
하나님이 너를 너무 사랑하시거든.

너와 함께 걸어가 주실 거야.

그 어떤 방법으로든

너의 어려움을 이겨 낼 수 있도록

너의 손을 꼭 잡아 주고 계실 거야.

I trust you.

He keeps you.

나의 편지 친구에게 2

오늘 하루도 열심히 살다 보면
우리 함께하는 날이 곧 올 거야.
그렇다고 너무 열심히 살지는 마.

우리 아기가 이렇게 커 버렸네.
머나먼 나라에 엄마, 아빠 없이
벌써 독립을 하고
그것만으로도 대단해.
그리고 존경해.

내가 더 잘할게.
그동안 못 해 준 게 많은 것 같아.
우리 같이 함께할 때
더 많이 사랑하면서 살자.

오늘은 미국에 있지만
다음 주 오늘은 한국에 있을 너.
같이 얼굴 맞대고 있을 우리.
더 많이 사랑하면서 **살자!**

나에게 관대하지 못하는 나

나에게는 너무 좁은 엘리베이터 주차장.
처음 타 본 그 공간은 나에게는 감옥.

앞으로도 뒤로도 가지 못하는 이 상황.

좀 더 신중했었더라면
좀 더 차분했었더라면

내 차는 상처투성이.
내 마음은 너덜너덜.

나는 왜 나에게는 관대하지 못할까?

다른 사람이 나와 똑같은 상황이었다면
나는 얘기했을 것이다.
아무것도 아니야. 괜찮다고….

다행이야.
사람 다치지 않고, 다른 차 다치지 않아서.

그러나 나는 나에게 말한다.
멍청하다고!

애써 일하고 집에 가려다가 생길 일이라 더 서럽다.
오늘을 모두 망친 것만 같아서
속상하다.
속이 쓰리다.
마음이 몸을 지배한다.
정말 속이 쓰리다.

내가 이렇게 속이 좁은 사람이었던가?
그럴 수도 있지.
살면서 이런 건 아무 일도 아니라고
왜 인정하지 못하는가!

나는 이런 **사람이다.**

배부르지

주문한 채소를 받은 날
갑자기 동네 어르신에게
상추를 받았지.
상추 때문에 고기를 먹었지.
그래서 배부르지.

정도 받고
상추도 받고.

그래서 나는 오늘 온종일
마음도
몸도
배부르지.

인생 한 번

섭섭한 마음은
바라는 마음으로 생기는
내 욕심 중의 하나.

바라면 안 돼.
그럼 서운해져.

인정하고, 받아들이자.

과거의 나는 못 바꾸지만
앞으로의 나는 바꿀 수 있잖아.

내가 예쁘다고
나를 바라보고
내가 좋다고
하는 누군가가 있다는 것만으로도
인생은 살만하다.

더도 말고 덜도 말고
인생은 딱 한 번은 **살 만하다.**

Deep Sleep을 꿈꾸며

나이 들어서 이제 6시
심지어 5시에 눈이 떠져.
더 자고 싶어도
잠자려고 노력하는 게 더 힘들어.
'그래서 어르신들이 아침 뉴스 보고
그렇게 이른 아침 산에 다니시는구나'를
나는 지금 격하게 공감한다.

나도 나이가 드는구나.
세상은 불공평한 것들이 산적한데
나이 듦에는 누구나 공평하구나.
그럼 나이 드는 게 덜 억울한 거네.

예전처럼 늦잠 자고 나니
오늘이 내일로 바뀌는
여기는 어디인가 하는
그런 날을 한 번쯤 다시 맛보고 싶다.

중고차

예전보다 성능도 떨어지고
여기저기 스크래치도 생겨서
반값이라도 받으면 다행이라고
자기 합리화를 해야 하는지
일단 시장 가격부터 조사해 보고
팔든지 그냥 타든지 해야겠다.

여기저기 삐꺼덕 소리가 난다.
수리 센터도 가야 하고 고칠 게 참 많네요.

나는 너에게
너는 나에게
이제는 편하기만 한 **중고차.**

경쾌한 장례식

태어난 순간부터 죽음으로 향해 가는 거야.
그래서 죽음이 꼭 슬픈 것만은 아냐.
경험해 보지 못한 두려움,
이제는 보고 싶은 사람들을 더 이상
볼 수도, 만질 수도 없다는 아쉬움이지.

무겁고 우울하기보다는
죽음도 사는 것도 그냥 한 끗 차이.

살아가는 동안 즐겁고 신나고 싶다.
어제, 작지만 기뻤어.
기쁨이라는 게 뭐 그리 거창하겠어?
그냥 내 마음을 편하게 해 주면 되지.

내 미래의 **장례식장**에 와 줄래?

다 지나갈 거야

가끔 하늘을 봐.
구름이 예뻐서.

가끔 구름을 봐.
계속 바뀌는 게 신기해서.

곧 다 지나갈 거야.
구름처럼.

생각보다 빨리 후루룩
스쳐 지나갈 거야.
구름처럼

새로운 모양의 더 예쁜 너를
만날 수 있을 거야.

다 지나갈 거야.

멀리 봐야 예쁘다

사람을 너무 가까이 보면 안 돼.
안 보였던 주름도, 점도, 흉터도 보이지.
작은 티끌도 더 잘 보이게 되지.

멀리 봐야 예쁘다.
우리가 거리를 두었을 때
더 보고 싶어지니까.

나는 너를 바라본다.
최대한 **멀리서.**

새로운 하루

정령의 숲으로 왔어요.
아바타처럼 꼬리는 없지만
Plug in the forest.
새소리가 어우러져서
그 어떤 협주곡보다 참 아름답네요.

이름 모를 풀잎 향기는
옛날 초등학교 문방구에서 팔던
기분 좋은 지우개 향이 나요.
잠시 서서 눈을 감고
시간 여행을 해 봅니다.
또 다른 하루가 시작되었어요.

너도 나도
새로운 설렘으로 가득한
하루가 되기를 소망합니다.

고민은 어쩌면

내가 속상해하는 고민은
옷을 태운 것보다 못하네요.
안 하던 다림질을 하다가
새로 산 옷을 태워 먹었다.
옷을 태운 그 사소함이
여태까지의 고민을 미뤄 버리는
이상하고 신비한 일을 경험한다.

내가 지금 고민하고 걱정하는 이놈은
어쩌면 생각보다 센 놈이 아니지 않을까?

몇 날 며칠을 지새운 고민은
옷을 태운 것보다 더 못하다는 거.
별거 아닌 것일 수도 있다는 거.
아무것도 아닐 수도 있다는 거.

짝퉁 말고 진품

누군가가 나를 세상 피곤해 보이고
예민하다고 말할 수 있겠지만
아니! 그건 섬세한 거라고 봐.

그냥 지나치지 않고
다양하게, 세심하게 바라보는 시선.
그 시선들이 모여서 모르고 지나칠 뻔한
진짜 너를 만날 수 있으니까.

산을 올라갈 때
발밑에 있는 계단만 보고 걷는다면
그냥 지나치고 놓치겠지만
옆을 바라본다.
예쁜 꽃들이, 새들이 보인다.
나는 진짜 너를 발견한다.
스쳐 지나가는 그 찰나를 놓치지 말자.

우리는 어느 날 이렇게 진짜를 만난다.

어른 공부

저는 아직 철이 없는 듯해요.
꼭 성숙해져야만 하는 건가요?

초등학교 3학년
생활 일기장 속의 나는
지금의 나와 거의 같은걸….

철이 들게 되면 내 원래의 색깔을
잃어버릴 수도 있다.
나는 하늘색으로 태어났는데
세상의 물감으로 덧칠하고 또 더해져서
내가 좋아하지 않는 색으로
변할 수도 있는데
자꾸만 세상은
나에게 철 좀 들라고 한다.

어른 공부 하기 싫다.

온도 차이

드디어 온다.
한여름에 버스를 타고, 지하철을 타요.

여기는 겨울 왕국.
너무 추워서 몸을 움츠리고
내 몸의 피부를 최대한 붙여 본다.

극단적인 냉방 시스템과 바깥세상.
발 한 짝 내밀었을 뿐인데
너무나 다른 세상.

너와 나의 온도 차이처럼
우리는 너무 극단적이야.

우리는 서로 너무 다르다.

졸혼은 분재

더 성장할 수 있는 결혼이 졸혼이다.

서로의 부족한 부분을 들여다보고
원하기만 하는 그 이기적인 마음을 가지치기해서
나도 너도 썩은 부분을 찾아내고 도려낸다.

그러면 더 튼튼한
식물로
우리로
살아갈 수 있지 않을까.

그러면 더 오랫동안
너와
나로
우리로
걸어갈 수 있지 않을까.

들꽃

나도 언젠가는
저 들꽃처럼 시들겠지.

참 아파 보인다.

나머지 꼿꼿하게 서 있는
아직은 쌩쌩한 꽃들은
쓰러져 있는 저 꽃을 보고
무슨 생각을 하고 있는 걸까?

'다행이다. 내가 아니라서…'
'나만 아니면 되지 뭐~'
'너 그럴 줄 알았다!'
'인생 뭐 없어. 언제 꺾일지 모르는데
오늘을 맘껏 즐기자!'

'나도 언제가 이렇게 되겠구나…'
제발 밟지만 말아 줘.

그냥 나 조용히 **살다가 갈게.**

The 좋은 기회

오랜만에 버스를 타고 약속 장소로 간다. 앱에서 여러 가지 경우의 수를 두고 목적지까지 가는 교통 이동 경로를 친절하게 설명해 준다.

보기가 너무 많다. 빨간색 글씨로 쓰여 있는 '곧 도착'이 보인다. 내 눈앞에 그 숫자가 곧 정차한다. 첫 번째 112번. 이 버스를 타려면 조금 뛰어야 탈 수 있다. 그러기에는 이 아침의 여유에 위반하는 거다.

미안해~ 너 먼저 가.

조금 있다가 10번이라는 숫자가 내게 성큼 왔다.

와~ 휴일인데도 만원이다.

순간 고민이 된다. 저 사람들을 비집고 들어가야 하는데… 싫다. 순간 정거장 의자에 일어난 나의 엉덩이를 중력으로 다시 끌어내린다.

좀만 기다리면 여유롭고 자리도 있어서 편하게 앉을 수 있는 버스가 올 거야. 그리고 곧 23번이라는 새로운 선수가 입장한다. 다시 눈에 띄는 빨간색 글자, '여유'.

기다리면 된다.
아주 조금만 기다리면 된다.
그러면 더 편한 **너를 만나고, 나를 만나**게 되니까.

공

인생이 내 의지와 노력으로
내 맘대로 되는 게 얼마나 있다고 생각해?
생각보다 많지 않아.
내가 노력해도 안 되는 것도 많고
노력하지 않아도 쉽게 풀리는 것도 있고
그래서 우리는 하루하루를
설렘으로 가슴 벅차야 해.

첫사랑처럼
너도나도
모두 아무것도 모르니까.

어디로 튈지 모르는 공처럼
너도 나도
오늘도
BOUNCE, BOUNCE.

사랑 묘약

사랑이 진리다.
사랑하면 다 용서가 된다.

서운한 마음.
미워하는 마음.
얄미운 마음.

사랑이면 끝이야.
사랑이 아니어도 끝이야.

사랑은 동전의 앞뒤와 같아서
잘 던져야 한다.
몸과 마음은 같이 따라다닌다.
몸을 쓰고 마음을 다하면
그걸로 **끝이다.**

너의 한때

옷을 심하게 못 입는 사람과 같이 다니면? 솔직히 같이 다니기가 좀 꺼려진다.

핑크색 양말에 보석 달린 샌들 그리고 긴 드레스. 머리에는 왕관과 면사포. 진주 구슬로 휘황찬란하게 두른 목걸이. 빨간 루비 반지. 가느다란 팔목에 오색 빛깔로 감은 보석 팔찌. 마지막으로 미스코리아 띠처럼 두른 크로스 공주님 가방.

내 딸이지만 이건 좀 아니다…. 좀 신발이라도 바꿔 신으면 안 되겠니? 왕관은 좀 빼면 안 될까? 엄마가 같이 다니기 좀 그렇다.

그러나 이제 알았다. 불과 몇 년 후면 이런 모습도 볼 수 없다는 걸…. 이제는 컴퓨터용 사인펜처럼, 바둑판의 바둑알처럼 블랙 아니면 흰색만 입는 무채색의 너만 볼 수 있다는 걸.

넌 너무 극단적이야!

이렇게 되는 게 생각보다 빠르다는 걸 몰랐다. 너의 그 한때를 힘껏 응원해 주지 못해서, 너의 그 빛났던 찰나를 몰라봐서 미안해.

한 번만 다시 그때의 그 모습 보여 주면 안 되겠니?

너무 빨리 크지 **말아 줘**.

나의 탐구 생활

사람은 누구나 외로워.
그 외로움을 다른 외로운 사람으로 채우면
그 외로움은 몇 배가 되지.
스스로 외로움을 잘 이겨 내는 방법을 찾아야 하는 건
그래서 나.
나밖에 없는 거야.
오로지 나만 할 수 있는 거.
그래서 내가 잘 지내야 하는 거야.

내가 원하는 게 뭘까?
내가 싫어하는 것은 뭘까?
내가 언제 제일 행복해?
내가 언제 제일 화가 나?
내가 언제 제일 많이 웃지?
내가 어느 상황에서 제일 외롭지?

나는 오늘도 나를 **탐구한다.**

Cool

나는 너를 모르겠다.
너를 조금은 안다고 생각했는데
아니었다.
말 한마디에 관계를 싹둑 자르는 사람.
그 결단력에 찬사를 보낸다.
So cool~

입에 재갈을 물고 살아야 하나.
말도 많지 않은 나인데
그 말 한마디가 누군가를 기분 상하게 했다면
이상하다.
억울하다.
미안하다.

누군가에게 상처를 주고 싶지 않다.
누군가에게 상처를 받고 싶지 않다.

뭐가 그렇게 기분이 나쁜 건지.
누군가를 판단하지 않으리.

나도 허점투성이인데
누가 누구를 탓하나.
누가 누구를 평가하나.

그냥 복잡하게 살기 싫다.
귀찮다.
그 세세한 감정선 하나까지
신경 쓰기 싫다.

이 나이 즈음이면
마음에 굳은살 몇 개는 박혀서
상처 따위는 그냥
툴툴 털어 버릴 것 같았는데
아니다.
어렵다.
아프다.

나이를 어디로 먹은 거니.
아직도 마음은 어린아이 같으니.

나는 순수한 거니?

아니면 멍청한 거니?

내가 좋아하는 가수 cool.

내 모든 아이디 cool.

그러나 I'm not cool.

꽈추

견디자!
버티자!

뜨거운
땡볕에서
열렬히
존버 한

나는야.
단단하고
귀여운
꽈추.

나 귀엽추~우? 큐~우.

늦었어

딱 10분 정도만큼만
약속 앞두고 운동도 하는 이 여유.
쓰러져 있는 액자도 제자리에 놓아 주는 세심함.
할 거 다 하고 늦는 이 이기심.

나는 문제가 있어.
문제아.

내가 늦는 이유는 늘 있다.
그래도 늦지 않으려고
느린 나를 인정하고
부단히 노력하고 있다.

인생이 왜 이렇게 매번 **쫄리냐.**

꼭꼭 숨어라

차 창문 너머로 큰 간판이 보인다.
맛있어 보이기보다는 갑자기 무섭다.
동물들이 본다면 얼마나 소름 끼칠까?
자신들의 육체를 썰어서
예쁘게 플레이팅을 해 놓고
날카로운 칼로 자르고
뾰족한 포크로 집어서
새하얀 소금에 살포시 찍어 먹겠다는
인간들의 이기적인 집념.

소는 소처럼 일하다가
소고기가 된다는 사실을 알까?
잡아먹히기 전에
넓은 들판을 어서 뛰어다니렴.

내 다리 예뻐

운동의 하이라이트 마지막 코스
돌돌이 다리 풀기!
너~무 시원하다.
무심코 내 다리를 내려다본다.
너는 이렇게 나를 지탱해 주고 있었구나.
이 험난한 세상을 두 발로 버티고 다니느라
얼마나 고생이 많았니.
호기심이 많은 나를 만나서
이곳저곳 데리고 다니느라
얼마나 힘들었니.

잠시지만 돌돌이로 너를 쉬게 해 줄게.
가끔은 마사지로 너를 예뻐해 줄게.
지구를 떠나기 전까지
맘껏 대륙을 **밟아 보자.**

불멍

멍하니 바라보다
내 머리도 멍해지기를 바란다.

따뜻해진 와인 한 잔 마시며
내 마음도 데워지기를 바란다.

인생은 장작 같아.
활활 불타오르다 꺼지면 숯이 되어
더 기품 있는 불꽃을 피우지.
반짝반짝 빛나는
보석 같은 자태를 보이다가
서서히 꺼져 버려 한 줌 가루가 되지.

하루하루 열렬히 더 불태워 보자.

참 쉽죠잉~

브로콜리 머리 BOB 아저씨가
새하얀 캔버스에 슉슉 손을
이리저리 휘젓기만 하면
멋진 풍경화가 짠하고 나온다.

이것은
마술인가
미술인가.

내 마음을 그려 본다.
그림으로 글을 쓴다.
글로 그림을 그린다.

세상에 하나밖에 없는 너

새로움이 익숙함으로 바뀔 때쯤이면
이보다 더 깊이 있는 뭔가가 나오겠지.

나의 새로운 환경을 응원해.
지금은 낯설고 어리바리하지만
그래도 뭔가를 만들어 가고 있잖아.
그래도 하루하루를 완성해 가고 있잖아.
그 하루가 모여서 내가 되는 거야.
반짝반짝 빛나는 물빛처럼
너의 미래도 찬란하게 빛날 거야.

물은 스스로 빛을 낼 수가 없어.
태양이 있어야 빛이 나지.

나는 누군가의 태양.
누군가는 나의 태양.

우리 사이좋게 같이 **빛나자.**

My Sunshine, Junny

내가 매달려.

내가 먼저 손깍지 끼고
내가 먼저 팔짱 끼고
아주 대롱대롱 매달려.

나는 언제나 받기만 했었는데
너는 그게 안 돼.

언젠가는 너를 다른 여자에게
보내 주어야겠지.

갑자기 질투가 난다.
질투도 별로 없는 내가.
너는 그게 안 돼.

내 손도 가끔은 잡아 줘.
가슴 벅차게 가끔은 안아 줘.
그리고 '사랑해'라고 말해 줘.

내가 너의 태양이 되어 줄게.

너는 그냥 지금처럼 반짝이기만 하면 돼.

나는 너를 바라본다.

You are my Sunshine.

You are my Sun.

You are my Son.

I love you forever. My Junny

Stop thinking!

입 벌리고 아~

이렇게 울면
누군가가 달려올까?
소리 내어 엉엉 울어 본 지가 너무 오래됐다.

목 놓아 울고 싶다.
눈물 콧물 범벅이 되어
나를 내려놓고 싶다.
너는 뭐가 제일 힘들어?
힘들면 애쓰지 않아도 돼.
그냥 편하게 살면 안 되겠니?

아메바가 되고 싶다.
아무 생각 안 하면서
최대한 가볍게 단순하게 살고 싶다.

그러나 나의 뇌는 복잡하고 무겁기만 하다.
나의 뇌 회로는

자꾸 뭘 그렇게 주문을 하는지
단순하게 앞만 보면서 걷고 싶다.

그래서
나는 춤을 추고
그림을 그리고
글을 쓴다.

거대한 발

사람들은 누군가가 나를 위해
뭔가를 해 주기를 바라고 있는지도 모른다.

힘들여서 끌기보다는 끌리고 싶어 하는
이 귀찮음을 누군가는
교묘하게 이용한다.

일개미들은 그저 땅에 떨어진
음식물의 조각들을 등에 업고 무겁게
앞 개미를 따라 줄지어 갈 뿐이다.

그렇게 모인 음식물들이 켜켜이 쌓여
누구를 위해 어떻게 쓰이는 줄도 모르고
오늘도 출근길에 나선다.

부디 오늘도 어제처럼
거대한 발에 밟히지 않기를 바라며….

모래

태평양 건너 샌디에이고 어느 바닷가.
끝이 보이지 않는 바다를 바라본다.

신발을 벗고
치렁치렁한 치마를 걷어 올린다.
너는 발가락 사이사이로
빼꼼히 올라와 수줍게 인사를 한다.

멀리도 왔다.
하루 전만 해도
우리는 이렇게 만날 줄 몰랐었는데
우리는 이렇게 마주하고 있다.

사는 게 바빠서 알아주지 못한
내 발을 물끄러미 바라본다.
무심하게 감싸안아 주는
네가 참 곱다.
너는 **참 고맙다.**

모래(저자의 네 번째 그림)

잘 가, 푸바오

다시는 보지 못한다는 사실이 아쉬움으로 애절함으로 남는다. 그래서 있을 때 잘해야 하는 건가 보다. 계속 내 곁에 있을 거라는 착각은 오만과 느슨함을 만든다.

동물을 자세히 보면 징그럽다. 판다는 흰색, 검은색만 있는 게 아니듯이. 인간도 자세히 보면 실망스럽다. 인간은 장점만 있는 게 아니듯이. 푸바오보다 대나무를 그리는 데에 더 시간을 들였다.
주변이 모여서 주인공을 만든다.
판다와 대나무는 서로 공존한다.

푸바오, 너는 그래도 행복한 거야.
많은 사람들이 너를 한 번이라도 보려고 찾았잖아.
사랑받았잖아. 예쁨받았잖아.
그곳에서 더 행복하게 지내~

잘 가, 푸바오(저자의 다섯 번째 그림)

호야

덥고 습한
먼 나라에서
태어난 호야.

분홍빛에서
연둣빛으로
옷을 갈아입는 너.

수채화로
물들인 듯한 너.

네가 그림인지
내가 그린 그림이 그림인지
더 그림 같은 너.

단조롭지 않으며
단아한 너.

너의 이름은

호야 크림슨 프린세스.

부드럽고 긴 이름처럼

길게 너와 보들보들 마주하고 싶다.

너처럼 **우아**하고 **도도**하게 살고 싶다.

호야(저자의 여섯 번째 그림)

한겨울, 땅에 묻어 놓은 장독대에서 몇 년간 켜켜이 담가 놓았던 묵은지를 꺼낸다. 맛있게 잘 익었을까? 설레는 마음으로 하나씩 꺼내어 본다. 신맛, 단맛, 짠맛, 매운맛, 감칠맛, 시원한 맛….

내 글은 이렇게 맛이 다 다르다.

나의 묵은지가 누군가에게 참 맛있었으면 좋겠다.

오늘도 하루 종일 수고한 그대에게 숟가락에 따뜻한 밥 한술, 아삭아삭한 김치 하나 딱 올려서 호~ 불어 주고 싶다.

아~

인생은 그냥 살아가는 거다.

아무런 의미와 이유를 찾지 말자.

배고프면 밥을 먹는 것처럼, 사는 날까지 그냥 사는 거다.

두 번의 죽을 고비를 지나고 지금은 이렇게 살아가고 있다. 그래서 나는 일상의 소중함을 조금은 이른 나이에 알아 가고 있는 중이다.

그동안 써 왔던 글들을 끄집어내어 다시 읽어 보고, 고치고, 또다시 읽어 보니 그동안 나의 삶이 보인다.

지금까지의 나를 바라본다.

그리고 한없이 부끄럽다.

그럼에도 불구하고 나는 내 글이 좋다.

누군가도 내 글을 좋아하면 좋겠다.

수많은 책들 중에 내 책을 고르고 읽게 된다는 것은 참으로 경이로운 일이다. 나의 삶과 당신의 인생이 돌고 돌아서 우리는 이렇게 큰 우주로 만나고 있다.

신비하고 또 감사한 일이다.

나는 오늘부터 작가다.

비록 지금은 무명 작가이지만 사람들에게 알려지고 안 알려지고가 세상 살아가는 데 그리 중요한가? 나는 글을 쓰고 당신은 내 글을 읽는 게 더 소중하다.

내 글에 다소 거친 표현들이 불쑥불쑥 튀어나와서 편집하다가 놀랐을 출판사분들의 수고에 감사하다.

내가 쓴 글을 처음부터 끝까지 읽고 다듬어 주신 첫 번째 독자이니 더욱 감사할 따름이다.

또한 언제나 나의 꿈을 두 팔 벌려 열렬히 응원해 주는 나를 사랑하는 사람들에게 감사한 마음을 글로 전한다.

힘들 때마다 바라보았던 하늘의 수많은 구름과 별님들. 힘내라고 손을 흔들어 주었던 바람과 나뭇잎들. 갑자기 살짝 내게 와 응원가를 불러 주고 가는 새들. 활짝 웃으며 나를 바라보고 있는 이름 모를 들꽃들.

나는 혼자 있기를 갈구했지만 돌이켜보면 언제나 함께였다. 독자가 있어야 작가가 있다. 혼자서는 글을 쓸 수가 없다. 읽어 주는 그대가 있어야 나는 한 글자 한 글자 용기 내어 글을 쓸 수 있다.

나는 겁 없이 한 걸음 한 걸음 책과 걸어가 보려 한다.

일상에서 만나는 모든 것들을 사색하고 그때마다 느꼈던 수많은 말풍선과 생각구름들이 당신의 마음에 같이 그려지기를 바란다.

이 글을 읽고 있는 당신을 나는 응원한다.
나도 나를 응원한다.

이게 나야!
그게 너야!